U0566032

中华典籍故事

上古神话与史话

吕伯攸 —— 编

人民文学出版社

图书在版编目(CIP)数据

上古神话与史话/吕伯攸编.—北京:人民文学
出版社,2018(2023.6重印)
(中华典籍故事)
ISBN 978-7-02-013577-6

Ⅰ.①上… Ⅱ.①吕… Ⅲ.①神话-作品集-中国-
古代 ②民间故事-作品集-中国-古代 Ⅳ.①I276

中国版本图书馆CIP数据核字(2017)第308126号

责任编辑 李 娜 吕昱雯
装帧设计 高静芳

出版发行 人民文学出版社
社 址 北京市朝内大街166号
邮政编码 100705

印 刷 杭州钱江彩色印务有限公司
经 销 全国新华书店等

开 本 890毫米×1240毫米 1/32
印 张 4.5
插 页 2
字 数 60千字
版 次 2018年3月北京第1版
印 次 2023年6月第3次印刷

书 号 978-7-02-013577-6
定 价 35.00元

如有印装质量问题,请与本社图书销售中心调换。电话:010-65233595

上古神话

序说

目录

上古史话

序说

上

古

神

话

序　说

　　我国的神话——尤其是上古时候的，因为一向没有专书记载，所以收集这种材料，实在是感到十分困难。

　　本书的来源，大部分都是采取古书中的零碎记述，演绎而成的。不过演绎的方法，约可分为三种，就是：（一）照古书中的一节直译的；（二）从几种古书上，互相参照，截长补短而成的；（三）取古书上的大意，加进一部分的民间传说而成的。如果从分类上讲起来，约有下面的几种：（一）天地开辟的神话；（二）自然现象的神话；（三）物类来源的神话；（四）部落英雄的武功的神话；（五）幽冥世界的神话；（六）人兽结婚的神话。

　　现在，为了读者对阅原书的便利，且把取材

最多的几部书，写了出来吧：（一）《太平御览》；
（二）梁·任昉《述异记》；（三）徐整《三五
历记》；（四）晋·皇甫谧《帝王世纪》；（五）
晋·张华《博物志》；（六）晋·崔豹《古今注》；
（七）晋·王嘉《拾遗记》；（八）东汉·应劭《风
俗通》；（九）晋·郭璞《玄中记》；（十）晋·干
宝《搜神记》。其余如《离骚》《山海经》《说文》
《田俅子》《列子》《淮南子》等，虽也有一部分的
参考，但有的因取材不多，有的又因另有专集记
述，不把它特别举出来了。

创造世界的经过

【故事】

上古时候，据说天和地是混合在一起的，形状好像一个大鸡蛋；既没有日、月、星、辰，也没有山、川、草、木，更没有人类、鸟、兽，只是漆黑混沌①的一团罢了。

不知道经过了怎样一种变化，这个大鸡蛋一般的东西里边，生出一个人来了。这人的名字，就叫盘古②。他在这里面足足住了一万八千年，有一天，忽然一声响亮，这个大鸡蛋一般的东西，便裂了开来，于是，盘古才得逃出囚笼，见到光明。

这个大鸡蛋般的东西，裂开来恰好成为两半：一半是像气一般的，质地很薄，分量很轻，便一直向上升去，变成了天；还有一半，质地很浊，分量很重，便渐渐地沉到下面，变成了地。

这样，天地是变成了，不过距离还是很近。因此，每天依旧要继续不断地变化着：从此，天，每天升高一丈；地，每天加厚一丈；盘古站在天地中间，每天也是跟着它们变化，每天加长一丈。

又经过了一万八千年，天变得高极了，地变得厚极了，盘古也长得长极了。

后来，盘古死了，他的头就变成了四方的大山③；他的右眼变成了太阳；他的左眼变成了月亮；他的脂血变成了江河里的水；他的毛发变成了野草和树木。

天上既有了太阳、月亮，地上也有了山、川、草、木，世界就这样造成了。

【注释】

① 混沌：混是搀和夹杂不清楚，沌是不开通。混沌，形容世界没有开辟以前，荒芜暗昧的景象。

② 盘古：传说是世界初开辟时，第一个出现的人。

③ 四方的大山：叫作四岳，就是东岳泰山、西岳华山、南岳衡山、北岳恒山。

女娲怎样造人

【故事】

自从盘古身死以后，世界虽然已经粗具规模，可是，各处地方，仍旧是找不出一个人影来。

许多年过去了，才又出现了一个人，名字叫作女娲①。

在这样大的世界上，女娲一个人孤零零地生活着，自然觉得冷清极了。他常常想和山川谈谈话，可是山川不能对答他；他又想和草木打个招呼，可是草木没有知觉，也不去睬②他。

有时，女娲孤寂到差不多要哭出来了，他便自己设法安慰自己：或是拔些草，或是挖些泥，做个玩具来消遣。

他想："世界上要是再多生几个人，和我在一起做伴侣，大家同游同息，一定可以减少些孤独的况味了。但是，为什么一直没有第二个人出现呢？"

他一边想着，一边依旧拿了一团泥土，毫不在意地乱抟③着。

"好吧，我何不就用泥土抟几个人，暂时陪陪我呢？"女娲忽然悟到了这样一个好法子，立刻，他便用手里的黄土，照着自己的样子，抟成了一个人形。

说也奇怪！这黄土抟成的人，不等女娲仔细检视，他便开起口来了，他说："谢谢你，你已经替我造成了人形了。自此以后，我情愿和你在一处生活，永远做你的伴侣！"

女娲这一喜，真是出于意料以外了，他想："黄土真可以抟成人的吗？那么，我可以用这个法子，多添些伴侣了。"

从这天起，他便天天用黄土抟人，不论俊的、丑的、男的、女的、高的、矮的、瘦的、胖的……各式各样都齐备了。

世界上的人虽然渐渐地增多了，但是，女娲的工作也一天比一天忙碌了。后来，他又想了一个简单的法子，只用一根绳子，拿到泥土里去蘸一下，就算是造成了一个人。

　　不过，用黄土造人时，他是十分细心的；用绳子蘸成的，却不免粗制滥造了。所以，用黄土抟成的，都是聪明人；用绳子蘸成的，却是愚笨凡庸④的人。

【注释】

① 女娲（wā）：传说是盘古以后的皇帝。古书上又说是伏羲的女弟（妹妹），但此说不可靠。

② 睬：搭理，理会。不睬，意思就是不理会。

③ 抟（tuán）：用手去团东西。

④ 凡庸：平常。

羲和所驾的车子

【故事】

上古时候，有一个太阳神，名字叫作羲和①。

他每天坐着车子，一刻不停地在天空巡行着。据说，替他拉车的车夫，却是一只三足乌②。

早晨，三足乌拉着羲和的车子，从东方旸谷③出发。他带着光明一路走，把万道光芒，直射到地上，一切黑暗，就被它赶跑了；地上的人们，也就得到了光明，可以看清种种的事物，以便开始做他们所该做的工作。

羲和的车子，慢慢地到了咸池这个地方，他照例是要下车来洗一个澡的。洗过了澡，于是，他又向西方驶去，那些光明，自然也就被他带了回去。等到羲和一直到了西方的崦嵫④，地上是依旧黑黝黝（yǒu）的，看不见一点儿东西了。人们也就只得停止了一切工作，安然地去休息，这便是黄昏时候了。

【注释】

① 羲（xī）和：一说，唐虞时掌管天地四时的两个官，一个叫作羲氏，一个叫作和氏。但在传说中，却把他们当作一个人了。

② 三足乌：又名踆（qún）乌。

③ 旸（yáng）：太阳出来，叫作旸。旸谷的意思，因为太阳初起，远远地望去，仿佛从山谷中升上来一般的，所以古人就把太阳出来的地方，假定叫作旸谷。

④ 崦嵫（yān zī）：山名，在甘肃天水市西。据《山海经》上说，鸟鼠同穴山的西南，叫作崦嵫，是太阳回去的地方。

七夕的故事

【故事】

　　每年夏秋之交，在天气清明的晚上，我们如果抬起头来，向天上望一望，常常可以看见，有一条灰白色的像带子一般的东西，横在半空。据传说，这是天上的一条河流，名字叫作天河^①。

　　天河的西面，有一颗星，名字叫作牵牛^②。天河的东面，也有一颗星，名字叫作织女^③。它们隔着一条河流，面对面地永远这样站着，你们知道是什么缘故吗？

　　原来自天地开辟以后，天上就有一个天帝^④，管理一切。这个织女，就是那天帝的女儿。

　　织女生来非常聪明，手脚又十分勤快。她每天住在河东的天帝宫里，没有事做，便专心学习纺织的事情。不久，居然被她发明了一种锦，织出来五颜六色的，很是美丽。自此以后，她便格外地勉力了，一天到晚，只是忙着织锦，从来也没有浪费一刻光阴的。

自然，天帝对于这个勤劳的女儿，是十分惬意的。

这时，河西住着一个牵牛郎。天帝每天看见他牵着一头牛，一刻不停地在田里工作，也很赞美他的勤劳，因此，便把织女许配给了牵牛郎。

哪知，织女和牵牛郎结婚以后，他俩的性情却大大地改变：一年到头，织女既不再织出一匹锦来；牵牛郎也从不知道到田里去望一望。两人整日地只是贪着游戏，委实变成了一对懒人了。

渐渐地，这消息竟传到了天帝的耳朵里，天帝不觉大怒，于是立刻便把织女叫了回来，不准她再到河西去和牵牛郎一块儿住。——并且，定了一条规则，只准他们在每年七月七日那天晚上，可以会面一次。

天帝定了这条规则，在他自己想起来，总算是已经万分宽恕的了。但是，按到实际，却仍旧和永远不准见面，没有什么分别。因为，他们住着的地方，隔开了这么辽阔的一条天河，那河上既没有桥梁，河里又没有船只，试问，他们还有什么方法，可以走拢来相会呢？

所以，这一年虽然已经挨到了七月七日那天晚上，可是，织女和牵牛郎，一个站在河东，一个站在河西，依旧像平日一般地，互相遥望着，依旧不能谈一句话。

站了好一会儿，他们觉得实在没有会面的希望了。不知怎的一阵心酸，两人便同时放声大哭起来。

这哭声，却惊动了天河边宿着的一群乌鹊⑤。它们眼瞧着这种情形，很是可怜，因此，它们便张开了双翼，一只一只地接续着，飞去停在那河面上，立刻造成了一条鹊桥⑥。

织女踏在这些乌鹊的背上，一步一步地走去，居然渡过了河，和那久别的牵牛郎相见，而且诉说了许多别后的衷曲。直等到天快亮了，织女仍旧从那鹊桥上渡过河东，那些乌鹊才散了开去。

一直到现在，每年在七月七日那天晚上，我们如果细细地考查起来，全世界的乌鹊，一定要比平日少些，因为，它们都到天河上架桥去了啊！

七月七日那天晚上，人家也就特地替它起了一个名字，叫作"七夕"。

【注释】

① 天河：是无数微光的恒星集合而成的，弯环如带，阔约十度至十五度。一名银河，又名银汉，亦名天杭。

② 牵牛：星名。在天河的西面，和织女星遥遥相对；共有三颗，并排地列着；俗名扁担星，又名河鼓星，亦名黄姑星。

③ 织女：也是星名。在天河的东面。一说是天帝的孙女，所以又叫作天孙。

④ 天帝：管理天空的神。

⑤ 乌鹊：鸟名。尾长六七寸，和它的身体相等。背黑，有紫绿色的光泽，肩腹及翼下都是白色。迷信的人，常常爱听它的叫声，以为是很吉祥的。

⑥ 鹊桥：俗说，每年七月七日以后，乌鹊都无缘无故地会秃了顶毛，这是因为架桥的时候，被织女践踏的。

炎帝用赭鞭鞭百草

【故事】

有蛴氏的女儿名叫任姒①，有一天到华阳山②上去游玩，忽然遇着一条神龙，吓了一跳，回来便生了一个牛头人身的怪孩子，这就是炎帝③。

炎帝生了三天，就能说话；五天就能走路；七天以后，牙齿就出完全了。他生长在姜水④这块地方，到了三岁时候，每天和小朋友们游戏，都是做着种植的事儿。——他把草的种子、果子的核，栽在土里，竭力培养，使它长出更好的草木来。

这时候，人民还没有力量讲求饮食，他们肚子饿了，只是胡乱地采些果实，或是捉些鸟兽来充饥，因此，有时吃了性质暴烈或有毒的东西，便害起病来，甚至死亡了。并且，人数渐渐增多，果实和鸟兽，也渐渐地不够吃了。于是，炎帝便立志要把各种食物的性质考察清楚，想拣出那些适于人类口胃的东西，把它种植起来。

一天，炎帝偶然遇着了太一小子⑤，他便稽首⑥再拜，向太一小子请教道："人们吃了不适宜的食物，便要生病，便要死亡，不知道这有补救的方法吗？"

太一小子道："天有九门，中间那扇门里，有一位老人，出现在南方，他能够辨别各种植物的性质的。你只要去请教他，他一定会告诉你一个补救的方法！"

炎帝别了太一小子，便去访问老人，老人当即赐他一条赭鞭⑦，教他拿这赭鞭去鞭百草。说也奇怪，炎帝用了这赭鞭，轻轻地向各种植物上鞭了几下，果然，那些植物都现出种种不同的性质：哪一种是寒的，哪一种是温的，哪一种是燥的，哪一种是下泻的，哪一种是有毒的，他因此都知道了。他后来将这些试验所得的结果，一一记载下来，便成了那部叫作《本草》⑧的书。

炎帝辨别了草性，就动手造起犁耙来，预备种植些可以供人食用的植物。正在这个当儿，忽然下大雨了，炎帝急忙把未完的工作整理了一下，打算暂时回去避一避。哪知仔细一瞧，这下来的并不是雨点，却都是很好的谷子。

炎帝欢喜极了，就把这些谷子种了起来。种完了，他刚想去找些水来灌溉，哪知地上又涌起一道醴泉⑨，替他把田地灌溉好了。

自此以后，只要炎帝需要雨水的时候，雨便自然地会下来，所以大家都称他为神农氏。

【注释】

① 任姒（sì）：就是少典的妃。

② 华阳山：山名。在今陕西洋县以北。

③ 炎帝：古帝名。姓姜，又称神农氏。因为他起于烈山，所以或称烈山氏。

④ 姜水：即岐水，在今陕西岐山县西。源出岐山，南流合横水入于雍。

⑤ 太一小子：天神名。一说是天帝之臣。

⑥ 稽（qǐ）首：是古时的最高敬礼。就是在跪拜的时候，把头一直叩到地上的动作。

⑦ 赭（zhě）鞭：红色的鞭子。

⑧《本草》：书名。相传是神农氏所作，载药三百六十五味，分上中下三部。但其中所记郡县，多汉时地名，所以有人说是汉人所作，不过假托神农氏罢了。

⑨ 醴泉：醴，音lǐ。是一种甜的酒。醴泉，就是说那泉水的味道，像醴一般甘甜的。

黄帝怎样征伐蚩尤

【故事】

自神农氏的势力渐渐衰弱，四方诸侯①便互相侵伐，大家忙着争夺个人的私利。百姓们却因此常常受着他们的骚扰和屠杀，谁也不能安居乐业了。

黄帝②眼瞧着这种情形，早知道神农氏是没有力量征服他们的了。他便造起干戈③来，预备和诸侯开战，以便援救那些无辜的百姓们。哪知诸侯听到这个消息，十分钦佩黄帝的德行，不等他出兵，都来向他投降了。

这时候，只有一个蚩尤④，暴虐得格外厉害，而且始终不肯降服。因此，黄帝便征调了诸侯的兵，去伐蚩尤。

原来蚩尤有弟兄八十一人，他们虽然说的是人的言语，却个个都生成野兽的身体，非常丑怪，而且能够吞食砂子石子儿，变幻种种的妖法。黄帝早已知道他们的厉害，所以当他出师讨伐的时候，心里不由得也有些忧闷。

过了几天，黄帝的军队，已到了涿鹿⑤的旷野，便和蚩尤接触了。兵士们因为谨守黄帝的命令，个个都防备得十分周密，所以一望见那些妖魔鬼怪似的敌人，便举起弓来，搭上了利箭，直向对方射去。但是，一霎时，只听得对方叮叮咚咚的一阵响，那些箭却都一支支地掉在地上，并不见他们有一个受伤。黄帝觉得很奇怪，后来仔细一调查，才知道蚩尤的弟兄们，个个都是生成的铜头铁额，所以那些箭是射不进去的。

黄帝受了这个打击，正想再行设法制服他们，哪知忽然间，只见对面阵上的蚩尤弟兄们，个个都从嘴里吐出一口气来，立刻变成了很浓厚的大雾，布满了旷野的四周。兵士们被这种大雾迷蒙着，顿时失去了方向，以致进退两难了。黄帝受了这意外的惊骇，也颤栗得手足无措，唯有仰天长叹，等待那最后的厄运到来。

幸亏，这事立刻被西王母⑥知道了，她便派

遣一个使者，名字叫作玄女⑦的，披了黑狐裘，带了兵信神符⑧，急急地赶到黄帝那里，传授他种种破敌的兵法。

玄女又替黄帝制了一辆指南车，以便指示方向，使军队进退不致迷路；一方面，更制造了八十面夔牛鼓⑨，——这种鼓只要敲一下，可以震动五百里，连敲几下，便可以震动三千八百里。

黄帝当即依照指南针所指示的方向，命兵士们敲着那八十面夔牛鼓，向前进攻。蚩尤吓得躲避不及，便被黄帝捉住，在涿鹿的旷野里杀死了。黄帝也就顺从人民的请求，即了帝位。

【注释】

① 诸侯：封建时代封于各地的国君。

② 黄帝：古帝名。姓公孙，生于轩辕（xuān yuán）之丘，所以又称轩辕氏。国都有熊，也称有熊氏。

③ 干戈：古时武器的总名。

④ 蚩（chī）尤：是黄帝时候的诸侯，好兵喜乱，创造刀戟大弩，暴虐天下。一说就是三苗；又说是九黎。

⑤ 涿（zhuō）鹿：山名。在今河北涿鹿县东南。又一说：

今宣化东南的鸡鸣山，就是古时的涿鹿。

⑥ 西王母：亦称王母，古时的仙人，姓侯。又说姓杨，名回，又名婉衿。据传说：男的仙人住在东华，管领的是东王公；女的仙人住在西华，管领的就是西王母。

⑦ 玄女：上古的神女，亦称九天玄女。

⑧ 兵信神符：是玄女授给黄帝的兵法。据说，就是现在的《六壬遁甲》等书。

⑨ 夔（kuí）牛鼓：传说：古时东海中有流波山，入海七千里，山上有一种野兽，形状如牛，身体深青色，头上没有角，只有一只脚。它如果从水中出入，天就要起风下雨了。它的目光像是日月，它的叫声像是打雷，名字就叫作夔。黄帝用它的皮做成了鼓，再用雷兽的骨头做鼓槌，敲一下，可使五百里以外都听得到。

能够辨别奸佞的屈轶草

【故事】

　　黄帝战胜了蚩尤，天下便太平了，于是，更竭力引用有才能的人，帮助治理内政。

　　只是，用人既多，难免有狡猾的佞人^①夹杂其中。原来这种人，在表面上看起来，每每好像是学问很好，应对很敏捷，办事很干练的，其实，大概都不过是能说几句花言巧语骗骗人罢了。如果用这种人治国，当然是自私自利，就要祸国殃民了。

　　当时，黄帝因为忙于种种建设事业，一时哪有许多工夫，去细细地考察他们？因此，有许多佞人，便趁此机会，混在朝中，想沾些个人的权力。

　　不料，正在这个当儿，黄帝的殿阶下面，忽然长出了几棵怪草，名字叫作屈轶^②。这种草，在初生的时候，都一枝枝地向上挺立着，也和别的草差不多，并没有什么奇怪的形状。

有一次，有一个极奸恶的朝官，刚为了自己的私利，做过一件欺压平民的事儿。那平民既不敢到黄帝那里去告状，黄帝自然也一点儿不知道。等到第二天，那朝官竟若无其事地上朝来了，但是当他走到殿阶下面时，那些屈轶草忽然都倒了下来，一齐挺着梢头，直向这作恶的朝官，紧紧地指着。

这作恶的朝官不知道是什么意思，一时倒也有些惊慌起来了。他急忙向着旁边躲避过去，可是，那些屈轶草，依旧跟着他躲避的方向，指着不放。

黄帝坐在殿上，瞧见了这种情形，也觉得很奇怪，便吩咐几个老成而正直的大臣，彻底地查究那朝官的行动。过了几天，果然查出他种种营私舞弊的劣迹，黄帝当即将他革了官职，按律治罪。

自此以后，凡是佞人上朝来，那些屈轶草就会照样指着他，表明他的奸恶。所以，朝臣们都一心一意地为国尽力，没有一个敢怀着邪念的了。

【注释】

① 佞（nìng）：佞人，就是一方面用了不正当的手段谋私利，一方面专以谄媚惑人的人。

② 屈轶（qū yì）：屈轶草，又名指佞草。传说是黄帝时候生长的，后来便绝了种，所以它的实在形态怎样，已无从考查了。

解廌兽判断曲直

【故事】

黄帝的殿阶上，自从长出了屈轶草，佞人固然不敢入朝来了。但是，在民间，却仍旧有许多狡猾的人，仗着自己的狡诈或气力，还是在欺压弱者。因此，有几个不甘受人侮辱的，便常常要到有司①那里去控告了。——这便是诉讼的起源。

只是，那时一切制度都很简单，对于裁判讼事的方法，当然也没有什么发明。所以审判官一不小心，每每容易被狡猾的人所蒙混，反而弄得黑白不分、曲直倒置的了。

就是贤明的黄帝，一时也想不出改善的方法，不过时时告诫有司，叫他们格外慎重些罢了。

有一次，有一个农人，托一个工人定造十把耒耜②。两面预先讲定：在耒耜造成以后，农人应该用一袋子谷子，向工人换一把耒耜；并且工人先拿一把耒耜的样子，给农人看过，以便照样制造。农人也给他看过袋子的大小，双方互相商酌定当了——不过，他们都没有写一张契约。

哪知到交换的期间，工人刚把十把耒耜送过去，农人却首先叫起来道："不对，不对，这十把定造的耒耜，没有像当初给我看的样子那般坚固啊！"

工人瞧着农人的十袋谷子，也叫起来道："我造的耒耜，实在没有改变样子，倒是你装谷子的袋子，却改小了一半儿了，这怎么行呢？"

他们这样争执起来，谁也不能判断他们的曲直。结果，两人便同到有司那里去控告。

有司审问的时候，他们依旧是各执一词，两不相下，后来又叫他们各人把当初的样子拿来，互相比较。可是，那袋子的大小，耒耜的式样，固然是前后都没有两样。这真使审问的有司，感觉着十分困难。

这时候，恰巧有一个神人，送了一只名叫解廌③的野兽给黄帝。这解廌兽很像一只山羊，头上只生一只角，夏天住在水里，冬天是住在松树或柏树上的。据说，它最厌恶不正当的行为，所以，只要有欺骗诈伪的人在它面前，它便能挺起那只唯一的角，狠命地去触他。

这件农人和工人互讼的案子，有司既然没法判决，黄帝就派人去把农人和工人押解了来，叫他们一同站在那只解廌兽的面前。

解廌兽一瞧见那个农人，它便突出了眼珠，直向他的身边触了过去。这一来，农人知道自己的秘密，不能再隐瞒了，只得老实招供了出来。——原来他的确把那只做样子的谷子袋暗地里改制过了。

自此以后，人民有什么诉讼的事情，便都用那只解廌兽去判断。

【注释】

① 有司：就是官吏。古代设官分职，每个官吏，都有专门的职司，所以叫作有司。

② 耒耜（lěi sì）：是一种农具。曲木做成的柄，叫作耒；耒的末端装着的刃，叫作耜。

③ 解廌（zhì）：兽名。亦作獬豸。一说像牛，只有一只角。因为它能判断曲直，所以，汉时法官戴的帽子，叫作解廌冠。清代法官，也在补服上绣一只解廌。

黄帝的梦

【故事】

黄帝做了一个梦，梦见一个人，手里执着千钧①重的大弩，在看守几千万只山羊。醒来时，黄帝便自己猜想道："那人能执千钧重的大弩，一定是有绝大的力量的；一个人能看守几千万只山羊，一定又是善于牧民②的。"

于是，黄帝便开始在四处找寻，要找着这样一个贤人。过了几天，居然在大泽地方，找到一个名叫力牧③的人。黄帝不觉恍然大悟，就封他为大将。

有一天，黄帝问力牧道："一个国家的兴亡，不知道有没有什么预兆？"

力牧道："我曾听见人家说，国家要是治安，国主又喜欢文事，那凤凰④便会飞到他的国里来；国家要是十分紊乱，国主又喜欢战争，那么，国里即使有了凤凰，也要飞开去的。"

黄帝听了这话，便格外地修德立义，治理国家，并且，在中宫⑤斋戒⑥七天。忽然，有几只大鸟，飞了下来。它们的头是像鸡一般的，嘴是像燕一般的，乌龟的脖子，鱼的尾巴，身体又像是一只鹤。满身的斑纹，五色齐备。

黄帝忙向它们细细地瞧了瞧，原来在它们的身上，还有好几个文字缀着。头上的，是"顺德"两个字；背上的，是"信义"两个字；胸口的，却是"仁智"两个字。——这大约都是赞扬黄帝的颂词。

这几只大鸟，既不啄食活的虫豸，又不践踏活的草木。它们每天停在黄帝的东园，或是宿在阿阁⑦的上面。每次进饮食的时候，雄的便唱起歌来，雌的在旁边舞着。那歌声却像箫，又像笙⑧。

这是因为黄帝时候，国内治安，所以凤凰飞来了。

【注释】

① 千钧：钧是古时的衡名，一钧约三十斤，千钧便是

三万斤。这里是形容十分沉重的意思。

② 牧民：牧字的本来意思，就是放饲牲畜，后来假借起来，便把牧人的管理牲畜，用来譬喻君主或官吏的管理人民。

③ 力牧：一说是黄帝时的宰相，曾作兵法十五篇。

④ 凤凰：鸟名。雄的叫凤，雌的叫凰。古人称这种鸟为瑞鸟。

⑤ 中宫：是皇帝的寝室。

⑥ 斋戒：古人迎接神祇，先要沐浴更衣，不饮酒，不吃荤，就叫作斋戒。

⑦ 阿阁：阿，音ē。就是柱子。有四根柱子的阁，叫作阿阁。

⑧ 箫、笙：都是乐器名。

宁封子

【故事】

宁封子的姓氏，已经无从查考了。相传他在黄帝时候，曾做过"陶正"①。

有一天，宁封子正在工场中，监督那些工人们，制造陶器，窑里的火是烧得很猛烈的。

骤然间，不知道从哪里来了一个异人②，他对宁封子说道："你可要我帮助你烧火吗？"

宁封子道："实在对不起得很，我们这里烧火的工人很多，似乎用不着你的帮助了。"

那异人笑了笑道："我烧起火来，很是奇妙，和普通的工人不同啊！"

宁封子听他说得奇突，便答应他道："那么，就请你试试看吧！"

那异人立刻走进工场，拿了燃料，生起火来。顿时，只看见从那堆火里，袅袅地立刻飘出几缕轻烟——可是，这些烟气，和普通的不同：有的是红的，有的是绿的，有的是黄的，更有白的、蓝的，缭绕在整个工场中，真是美丽极了。

宁封子这才知道，他并不是一个平常的人，便很恳切地请求那异人，要把这法术传授给他。

不到几天，宁封子不但能照样地把烟气变成五色，而且更能够把自己的身体，随着烟气上上下下，非常自由。

有一天，他们俩正在随着烟气上升，不知怎样一来，两个人忽然间都失了踪迹。这时，工场里的工人们，都惊骇得不得了，大家忙着在四处找寻，却依旧没有下落。最后，他们实在没法儿好想了，只得把那堆烧剩的灰烬③扒开来，立刻便瞧见两副骸④骨，却好端端地躺在灰中。

后来，有人把这两副骸骨，同葬在宁北山⑤中，所以便称他为宁封子。

【注释】

① 陶正：上古官名，专管制造陶器的事。

② 异人：奇特的人。

③ 灰烬：物经燃烧后，所剩下的灰屑和余火。

④ 骸（hái）：枯骨。

⑤ 宁（níng）北山：山名。

黄帝乘龙上天

【故事】

　　黄帝采了首山①的铜，在荆山②下铸成了一只鼎③。忽然间，天空中一阵乌云飞过，更听见云中呼呼地一阵响。黄帝忙抬起头来一瞧，原来是一条神龙④，正俯下了头，似乎在和黄帝招呼着。

　　那条龙的额（kē）下，满生着长长的胡须，从空中一直挂到地上，随风飘拂着，真好像是银丝一般可爱。

　　黄帝不知道他是什么意思，便向他问道："你可是来迎接我上天去的？——如果是的，请你把头点三下！"

　　那条龙果然把头点了三下，于是，黄帝便攀援着龙身，跳上去骑在他的背上了。那些群臣们和后宫⑤，跟随着上去的，一共有七十多人。

　　另外还有许多小臣，也正想攀援上去，哪知，蓦然间，那条龙便飞也似的，直向天空上升了。这些小臣，知道是来不及跟上去了，他们便在这扰攘中，用两手狠命抓住龙的胡须，希望把他们一同带上天去。但是，终于因为用力太猛的缘故，竟把那条龙的胡须都拉断了，那班小臣便跟着堕了下来。黄帝骑在龙背上，受了这次激烈的震动，一失手，竟把手里的一张弓，也堕在地上了。

百姓们都仰着头，亲眼瞧着黄帝上天去了，他们便感到十分悲伤，大家就抱着那张弓和龙的胡须，放声大哭起来。

黄帝就这样登了仙。群臣们因为找不到他的骸骨，只得拿他遗留下的衣冠，埋葬在桥山⑥。而且，把这荆山下铸鼎的处所，就定名为鼎湖。那张从天空中堕下的弓，名为乌号。

这时，有一个黄帝的臣子，名字叫左彻的，他因为还希望黄帝再能回来，所以暂时用木头雕了一个黄帝的肖像，供在殿上，每天仍旧照例率领群臣，到殿上去朝见，和黄帝没有上天以前，一点儿也没有两样。

可是，这样过了七年，依然没有一点儿消息，他们才知道黄帝是不会回来了，便立了他的孙子高阳氏⑦做皇帝。

后来，在龙须堕下来的地方，便长出了许多像龙须一般的野草，据说，这就是现在的龙须菜⑧。

【注释】

① 首山：山名。在今河南襄城县以南。

② 荆山：也是山名。

③ 鼎：古时的一种器具，三只脚，两只耳朵，大概都用金属铸成的。

④ 龙：据古人传说，是鳞虫的领袖，能够兴云作雨，利万物。但是，现在的生物学中，已没有这种生物了。

⑤ 后宫：是嫔妃们所住的地方，所以就把"后宫"当作嫔妃们的代名词了。

⑥ 桥山：在今陕西黄陵县西北。有一条沮水，穿山而过，山形便像桥一般了，所以叫作桥山，又名子午山。山上有黄帝的坟墓。

⑦ 高阳氏：名颛顼（zhuān xū），是黄帝的孙子，居濮，在位时共七十八年。

⑧ 龙须菜：就是一种野菜，在春季时候，它的嫩苗很甘美，可食。

不周山的坍倒

【故事】

盘古氏开辟了天地以后，据说那个天还不十分坚固，还是常常要破坏。当它每次破坏时，人民便要遭灾难了。

女娲氏屡次看见人民受着这种痛苦，心里非常难过，他便炼了许多五色石子，立志要把它修补好。并且，他还恐怕那个天，或许终有一天会完全倾倒下来，所以，他便砍断四只鳌^①的腿，当作四根柱子，矗立在四方，顶住了天。

这样过了许多年，到了颛顼^②做皇帝的时候，却有一个恶人，名叫共工^③，他因为瞧见皇帝的尊荣，心里很是羡慕，便打算把颛顼驱逐了，夺了他的帝位。

共工和他的党徒们商议了一下，便决定率领大众，立刻去讨伐颛顼。

颛顼却连做梦也没有想到，他的国里有着这样一个大逆不道的人。现在，既然看见他们执着些石器、铜刀，嘴里喊着"杀，杀，杀"向着自己住的地方奔跑过来，才知道不是好事。他也只得率领了自己亲信的人，迎将上去，要向共工责问一个明白。

颛顼说："共工，我本是一个奉天承命的人，上天特命我来统一天下。——你不过是我的一个臣属，现在率领了这许多叛徒，声势汹汹的，到这里来干什么啊？"

共工怒吼道："我不知道什么天不天，我只知道要做皇帝。颛顼！你如果是识趣的，赶快离开这里，把这帝位让了给我。否则……"

颛顼知道他是不可理喻的了，就和他打起仗来。

骤然间，杀伐声一齐起来了：石器、铜刀，闹得山鸣谷应。到底，共工的乌合之众④，不能抵挡颛顼的军队，便一齐败退了下来。

颛顼瞧见共工逃跑了。他更催促部下，一直在后面追赶着，打算把那谋叛的逆臣生擒过来。

共工被颛顼追迫着，不知不觉地逃到了一座叫作不周山⑤的山附近，他看看前面，再没有路好走了，一时羞怒交迸，便伸直了头颈，将自己的脑袋直向不周山上撞去，想就此自尽了。

哪知这一撞，真不得了，竟把那座不周山撞倒了。

原来这座不周山，就是当初女娲氏用来撑住天的一根柱子，也就是一条鳌的腿。不周山撞倒了，天地间就跟着起了一些变化：一时狂风暴雨，大雷，大雹，不知道伤害了多少人。

好容易，经过了很长久的时间，这灾难才平静了下去。只是，西北边的天，却已破了一个大洞了。从此，日和月，都要向这洞里落下去；东南边的地，也就此倾斜了。所以，直到现在，地面上的水，都是向着东南方流的。

【注释】

① 鳌（áo）：是海里的大乌龟。

② 颛顼：见上篇高阳氏注。

③ 共工：又名康回，是高阳氏（颛顼）时候的水官。

④ 乌合之众：一霎时集合拢来的一群人，好像乌鸦一般随时可以聚拢，随时又可以解散，一点儿不可靠的，所以叫作乌合之众。

⑤ 不周山：古书上说是葱岭，于、阗二水的分界处。大概就是现在的昆仑山脉。

两头四手四足的怪人

【故事】

　　这一天，高阳氏正在处理一些国事，忽然外面有人进来问道："今天有兄妹二人，居然结成夫妇了，这事儿是应不应该的？"

　　高阳氏想了一会儿，便对那人说道："依我看来，兄妹自有兄妹的关系，怎么可以变成夫妇呢？所以，这兄妹两人倒要调查明白，惩戒他们一下，以免别人学样！"

　　当日，高阳氏便派人去把这兄妹二人捉了来，放逐到崆峒山①的左边，永远不准他们回来。

　　在那个地方，本来是非常荒僻的。现在兄妹俩被逐到这里，既没有御寒的东西，也没有充饥的食物。而且，看看天色已渐渐地黑下来了，四处却只听得野兽乱嗥，一时又冷又饿又害怕，两个人便拥抱在一起，不觉放声大哭起来了。

哭了一会儿，渐渐地竟至声嘶力竭，两人便同时僵仆在地上，不会动了——死了。

这时，有一只神鸟，从崆峒山那边飞来，恰巧飞过这个地方。它瞧见了这一幕惨剧，似乎也现着些怜悯而伤感的神气，只不住地在这两个尸体左右盘旋着。飞呀，飞呀，飞了好一会儿，又似乎有所觉悟般地，重向崆峒山那边飞回去了。

大约飞去有一个时辰，那神鸟忽然衔了一棵野草，重新又飞回来了。它飞到那两个合抱着的尸体上面，就把那棵野草扔了下来，刚好将他们的尸体遮盖了。

原来这棵野草，名字叫作"不死草"，所以将它盖在上面。经过了七年的光阴，那兄妹俩苏醒过来了，仍旧像普通人一般地会吃会行会说话。不过，他们的身体是永远这样合抱着，分不开了，——竟变成了一个两头、四手、四足的怪人，大家便都叫他为蒙双氏②。

【注释】

① 崆峒（kōng tóng）：山名。一名空桐，又有空同、鸡头、开头、汧屯、牵沌、薄洛等名。在甘肃平凉市西，泾水发源处。

② 蒙双氏：也有写作蒙双民的。

神荼和郁垒

【故事】

　　上古，海中有一座度朔山，山上约有三千里的地方，种的全是桃树。在一株最矮小的桃树东北，有一扇鬼门，这是众鬼所出入的一条通道。

　　这时，有两个奇怪的人，名字叫作神荼、郁垒①。他们是两弟兄，却都有一种特别的本领，能够捕捉一切的鬼。

　　神荼和郁垒，就终日站在这鬼门外面，监视这一群鬼。如果他们看见有些凶暴的鬼，要去祸害人类的，他们就将它捉住了，用苇索②捆绑起来，送去给老虎吃掉。因此，无论什么恶鬼，都不敢出来作祟了。

　　过了许多年，颛顼氏的三个儿子死了，他们却都变成了恶鬼：一个住在江水③地方的，便是疟鬼，人要是遇到了它，就要发生一种疟病④；一个住在若水⑤地方的，便是魃魈鬼⑥，它终日躲在水里，也常常要传播疫病给人类的；还有一个却专在人家住屋里出入的，便是小鬼，它常常要惊吓人家的小孩子。

后来，幸亏有一个方相氏⑦——他是生着四只眼睛，形状非常可怕的一个神——把那疟鬼和魃魈鬼都驱逐掉了，人民才得相安无事。不过，那个出入人家住屋的小鬼，却依旧天天在惊吓小孩子。因此，每家人家都痛恨极了，他们便去请了神荼、郁垒两弟兄，终日站在人家门口，以便等那小鬼到来时，可以捉来喂老虎。

更有许多人家，是神荼、郁垒所照顾不到的，他们便在大门上画着神荼、郁垒的肖像，和缚鬼的苇索、吃鬼的老虎等图形，恐吓小鬼。果然，小鬼看到这种图画，便不敢再走进人家家里去了。

所以，现在有许多人家的大门上，还是画着神荼、郁垒的肖像，或是挂着一块画老虎头的木牌，用以辟邪的。

中华典籍故事

【注释】

① 神荼、郁垒：应该读作伸舒、郁律。据说，就是现在的门神。

② 苇索：用芦苇草结成的绳子。

③ 江水：水名。

④ 疟（nüè）病：这种病初起时，每每觉得浑身寒冷，不住地战栗。过了一会儿，却又发热出汗，病便消退了。有的每日发一次，有的隔日发一次，也有四日发一次的。又名间歇热。

⑤ 若水：水名。就是现在的雅砻江，源出青海巴颜喀拉山东南。

⑥ 魍魉（wǎng liǎng）：一说是木石变成的鬼怪；也可写作"罔两"或"蝄蜽"。

⑦ 方相氏：古时驱疫的神。头上披着熊皮，饰着黄金，有四只眼睛；身上穿着黑的上衣，红的下衣，手执戈盾。或说，就是现在送葬时用的开路神。

高辛氏的狗女婿

【故事】

高辛氏①的时候，有一个住在王宫里的老妇人，忽然患了一种耳病，十分痛苦。后来医生替她诊治，却在她的耳朵里，挑出一条小虫，形状很像蚕茧。当时，就将它放在瓠篱②上面，并且用一只木槃③盖住了。

哪知过了几天，这条虫就变成了一只小狗，身上的毛片，五色斑斓，很是美丽。高辛氏也看得非常爱悦，便将它豢（huàn）养在宫中，并且取了一个名字，就叫槃瓠④。

这时候，恰巧犬戎⑤族的酋长叛乱起来了。高辛氏听到这个消息，勃然大怒，便派了好几位大将去征讨，可是，经过了长期的战争，终于没法将他剿灭。

高辛氏心里烦闷极了，他便在国中宣言道：

"如果有人能将犬戎族征服，我情愿将爱女嫁给他做妻子，并且封⑥他三百里的土地。"

全国的人民眼瞧着这个难得的机会，谁不想去尝试一下？只是，那犬戎酋长的凶暴，也是谁都知道的。所以，高辛氏的悬赏虽重，依旧没有人敢去应征。

这天晚上，高辛氏的那只爱狗槃瓠，忽然失踪了。起初，高辛氏虽也派人四出侦缉，但是，过了几天，终因为它是一件不重要的东西，便渐渐地淡忘了。

光阴迅速，倏忽之间，早已过去了三个多月。有一天，高辛氏又想起了犬戎的叛乱，正在纳闷儿，忽然外面传来一阵汪汪的狗叫声。高辛氏仔细一听，觉得这叫声十分熟识，很想出去瞧个明白。不料在这当儿，忽然有一只小狗，嘴里衔了一颗血淋淋的人头，直向高辛氏身边蹿了过来。

原来这小狗，正是那失踪三月的槃瓠。那颗人头，也就是那叛乱的犬戎酋长的首级。

槃瓠把犬戎酋长的首级，掷在地上，一边不

停地跳跃着，一边却仍是向着高辛氏汪汪地叫，仿佛在向高辛氏说："我已经照着你的宣言，将那背叛你的犬戎除灭了。现在，你也该实践你的话，把你的女儿嫁给我，把那三百里的土地封给我啊！"

高辛氏自然也懂得它的意思，不过，现在事已过去，倒有几分懊悔起来了。因此，他就对槃瓠说道："小狗，安静些，等我去和大臣们商量一会儿再说。"槃瓠只得暂时退了出去。

当真，高辛氏立刻便召集了群臣，开始讨论这件事的处置法。

商议了好半天，哪知群臣都不约而同地道："槃瓠杀却犬戎酋长，功劳虽然很大，但是，到底它只是一个畜生，怎么可以把官号封给它，并且把美丽的公主嫁给它做妻子呢？——所以，依我们的愚见，可以不必去睬它！"

高辛氏也以为群臣的意见很不错，他便打算把以前的宣言取消了。

可是，这事后来被高辛氏的爱女知道了，她便向高辛氏诉说道："父亲既已说过，能够杀犬戎酋长的，就将我嫁给他。现在槃瓠衔了犬戎酋长的首级回来，为国家除了叛乱。照理，就该实践前约。况且，做皇帝的人，第一要有信用，才能治服人民。这回，父亲要是为了爱惜女儿的缘故，便失信于天下，试问，以后还能叫人相信你的话吗？"

高辛氏听她这样陈述，理由也很充足。无可奈何，只得将女儿嫁给了槃瓠。并且，划出会稽⑦东南海岛中的三百里土地，封给了它。

他们的后裔，据说男的都是狗，女的却都是美人，后世称为尤封氏。

【注释】

① 高辛氏：就是帝喾（kù），名夋。据说是少昊金天氏的孙子。在位七十年。

② 瓠篱（hù lí）：瓠是一种蔬菜植物，结实很长大，头尾粗细都差不多；一名瓠瓜，又称壶卢。瓠篱，就是结瓠瓜的棚。

③ 槃：同盘。

④ 槃瓠：狗的名字。

⑤ 犬戎：古族名。一名畎夷，又名昆夷。

⑥ 封：从前的帝王，拿土地给人，或者授官职给人，都叫作封。

⑦ 会稽：地名。

蚕是怎样变成的

【故事】

盘瓠娶高辛氏女儿的事，过去不久，又有一件奇异的故事发生了。

这事发生于一家平民家里的。那时，有一个老人，在很远的地方做买卖，家里除了一个很美丽的女儿以外，就只有一匹牡马①。

女儿每天亲自喂养这匹马，马也十分驯良，能知人意。所以女儿在闲空的时候，还常常走到马槽边去，和马游戏。

有一天，女儿正打马槽边走过，不知怎样一来，忽然想念起她的父亲来了，她便带着戏谑的口吻，对那匹马说道："马呀，我的父亲出门好久了，我很想和他见一见呢！你，如果能够立刻去把他迎接回来，我就情愿嫁给你做妻子。"

那匹马听了这话，便奋力地把那缰绳②咬断

了，飞也似的跑了出去，一径赶到那老人做买卖的所在去了。

那匹马见了主人，只是在他面前跳跃着，悲鸣着，仿佛有什么事情要报告似的。

老人觉得非常奇怪，暗想："这马对我这样表示，莫不是家中出了什么事故了吗？"

因此，老人便对马说道："马呀，你如果是来接我回去的，请你把头点三次！"说着，那匹马真地接连把头点了三次。

老人便决定要回家去瞧瞧了。他立刻跳上了马背，那匹马也就如飞一般地向着来路跑去，不一会儿，早已到了家里。老人和他的女儿，久别相见，自然是快乐非常。

老人因为这匹马能够跑许多路去接他，从此便更加爱护它，每天总是用了最上等的饲料去喂它。但是，那匹马却老是现着失望的脸色，接连几天，没有吃一点儿东西。而且，每次见了那老人的女儿，总是伸长了项颈，很悲愤地叫了起来。

老人更觉得奇怪了。他便趁空把女儿叫了来，细细地问她："这匹马近来忽然变了态度，是什么缘故?"女儿不敢隐瞒，只得把前几天对它戏谑的话，告诉了父亲。

老人听说，勃然大怒。他一面告诫女儿，赶快去躲在房里，不要出来。一面便去邀了许多人，各自带了弓箭，暗暗地伏在马棚四周。老人先走过去，对那马说道："畜生，你也想娶人做妻子！——现在，我特地来问你一声：你到底还敢存这种妄想吗?"

那匹马却一点儿也不惊慌，反而咆哮③着，向着老人大声地狂叫，好像在责备他的女儿失信。老人看到这种情形，便向着埋伏的人招呼了一下。霎时，万箭齐发，立刻将那匹马射死了。

第二天，老人更剥下了马皮，晒在门口的草场上，打算把它晒干了，可以拿到市上去卖。

老人晒好了马皮，刚回到屋里，他的女儿便约了几个邻家的女伴，到草场上去游戏。她看见了这张马皮，心里十分痛恨，便向它骂道："畜生，畜生!"并且用脚去踢了它一下。

可是，骂声还没有完，那张马皮，忽然活起来了。它很快地卷了过来，就将那女儿包裹在中间，如飞一般地，往山上逃跑了。

女伴们都吃了一惊，只得赶快跑回去告诉她的父亲。但是，等到老人追到山上去找寻，那马皮和女儿，早已不知去向了。

隔了好几天，才有人在一棵大树上，找到了这裹着女儿的马皮，那女儿却早已闷死在马皮中了。而且，她的尸体又化成了无数小虫，栖在树上，食叶吐丝。——这就是蚕④。

蚕所吃的树叶，起先大家也叫不出什么名字来。后来，因为这是一件极悲伤的事，所以，就取了一个伤字的同音字，叫作"桑"⑤。

【注释】

① 牡马：就是雄马。

② 缰绳：络住马头的皮带子。

③ 咆哮：兽类发怒时的叫声。

④ 蚕：蚕是吐丝的虫。环节蠕动，胸腹及尾的下面，有足六对，专吃桑叶。

⑤ 桑：是一种木名。它的叶片可以饲蚕。出在浙江湖州的，叫作湖桑，最佳。据正史所载，我国发明种桑养蚕的，是黄帝的妃子嫘祖。

后羿射下了九个太阳

【故事】

尧^①即位没有几天，天上忽然有十个太阳，一齐出来。

当在一个太阳的时代，每逢夏天，大家还觉得太热了，这时出了十个太阳，不但人人都很害怕，就是连那些田禾草木，也立刻被它晒得枯黄了。

尧看到这种情形，虽然十分担心，但是，那十个太阳，都是高高地挂在天空，委实也奈何它们不得。并且，那时恰好有一种凿齿民^②，趁势作乱，扰害百姓，所以，尧更加着急起来了。

这种凿齿民，牙齿却有三尺长，形状像是一把凿子。他们手里又都拿着戈盾^③，真是凶恶极了。尧曾几次派遣精兵良将，去讨伐他们，可是，结果却都大败而回。

后来，尧听见人家说："有穷国里的国君，名叫后羿④，他是会射箭的。如果叫他去讨伐凿齿民，也许会有成功的希望。"

尧没有别的法子好想，只得依了这计划进行。果然不到几天，后羿便将所有的凿齿民，一齐在畴华⑤之野射死了。

尧奖励了后羿一番，并且赐了他一张彤弓⑥，然后又和他商议，处置这十个太阳的事。后羿说："我知道在每个太阳里作怪的，就是一只三足乌，要是把这几只乌射死了，那太阳也自然会消灭了。"尧便问他道："太阳挂得这么高，你能够射得到吗？"

后羿道："我虽然不能说一定，但是，照我平日的经验看起来，也许是可能的。"

尧欢喜极了，就立刻叫后羿去试验一下。

后羿仰起头来，搭上了箭，弯满了弓，只听见"飕"的一声，那支箭便向天空中直射了上去。

霎时，从天空中便跌下一只三足乌来，天气也凉爽了不少。后羿知道一个太阳已经被他射掉了，一时很兴奋地随手再拔出箭来，接连又射了八箭，一共九箭。地上便直挺挺地躺着九只死乌，那九个太阳都不知到哪里去了。

这时候，天空中已满布乌云，刮着大风，下起很大的雨来了。那像火烧似的天气，也就变得和秋天一般。

还有那第十个太阳，生怕也被后羿射中，便深深地躲在云中，暂时不敢出来。

后羿虽然想把第十个太阳，也一齐射下来，但是，可惜他手中的箭却已经用完了，所以只得让它留在天空。

原来尧叫后羿去射太阳，却有意只给了他九支箭，这是因为尧早已预算到，那最后一个太阳，是应该留着的。

到如今，世界上一切生物，都靠太阳光而生长，而且不至于过着黑暗的生活，便是尧所赐给我们的恩惠。

【注释】

① 尧：陶唐开国君主。名放勋，是高辛氏的儿子。

② 凿齿民：是古代传说的民族。据说，海外三十六国，

自西南至东南方，有凿齿民。

③ 戈盾：戈，是古时的武器。盾，也是古时的武器，俗称藤牌。

④ 后羿（yì）：羿是名字，后是称呼，意思就是国君。

⑤ 畴（chóu）华：又叫作寿华，古地名。

⑥ 彤弓：朱漆的弓。古时用来赐给有功的诸侯的。

嫦娥逃到月亮里去了

【故事】

西王母家里，有一种仙丹，叫作不死药。据说人如果吃了这种仙丹，便可以永远不死了。

后羿听到了这一回事，便千方百计地要想去见西王母一面。不久，果然被他找到了瑶池①，他就老着面皮，开口向西王母要讨不死药。

西王母因为他曾经射掉了九个太阳，对于人民很有功劳，因此，当即满口答应，愿意给他一包，叫他拿回去服用。并且对他说道："这种药是十分贵重的，就是留在我这里的，也没有多少了。所以，你务必小心地带回去。要是遗失了，第二次就不能再给你了。"

后羿连声向西王母道谢，一面就很谨慎地把那包不死药藏好在怀里。然后，得意扬扬地辞别了西王母，立刻回有穷国去了。

他一路上在想："我做了有穷国的国君，一切人世的富贵，任我享受，的确再没有什么希冀了。只是，我一向所最怕的，就是一个死字。现在，既然已经得到不死之药，那么，连这个人人所难免的死字，也轮不到我的身上来了。"

后羿很快乐地想着，不知不觉，早已到了家里。他一时记起了西王母的话，忙把那包不死药，从怀里掏出来瞧了瞧，幸喜依然包得很好，总算才放了心。

后羿的妻子，名叫嫦娥^②。正当后羿检查那包不死药的时候，嫦娥站在旁边，恰巧被她瞧见了，她便向后羿问道："这是什么东西啊？"

后羿因为她是自己的妻子，并不防备她有什么歹意，所以就老实对她说道："这是不死药，我刚刚从西王母那里讨来的，停一会儿，我只要把它吃了下去，便永远不会死了。"

嫦娥听说，觉得这真是一件珍贵的东西。她想："这包药，要是我能够设法拿来吃了，不是就可以不死了吗？"

但是，药在后羿手里，她怎样能够吃得到

呢？因此，她只得开始使用欺骗方法了。她假装着仿佛突然记起一件事来似的说道："不错，刚才有一个人来找你，说有重要的国事要和你商量呢，你不如赶紧地去料理一下再说吧。——这包药，让我替你好好地保藏着，等你回来服用就是了。"

后羿果然一点儿也不疑心他的妻子，真的，很放心地把不死药交了给嫦娥。

嫦娥瞧着丈夫出了门，她便偷偷地把那包不死药吞服了。等到后羿走回家来，非但那包药早已没有了，竟连他的妻子也不知去向了。

原来嫦娥将那不死药才吃下肚去，她的身体便如云烟一般地轻了。一霎时，不由自主地，就直向天空飞了上去。她只觉得越飞越高，却不知道飞了多少里路，更不知道飞了多少时候，最后便飞进月亮里去了。——她就在那边住着，做了月神。

月亮里是冷清清的，除了嫦娥以外，便没有第二个人了。她住得寂寞极了，虽然懊悔当初不该偷吃不死药，但是，直到现在，她还是一个人住着，再没有方法回到人间来了。

【注释】

① 瑶池：传说，是西王母所住的宫阙，左带瑶池，右环翠水。

② 嫦娥：又称姮娥，是月亮里的女神。

菫莆和蓂荚

【故事】

每到炎热的暑天，食物总是很容易腐败的。尤其是在上古时候，一切防腐的方法，还没有发明，如果一到暑天，要想把食物多储藏几天，简直是不可能的事。

尧是非常爱惜物力的人。他虽然自奉很薄，但是，每餐吃剩下来的食物，不论菜羹、豆汤，总不肯轻易抛弃，总是好好地要把它储藏起来，预备第二天再吃。

尧每天都是这样处置着，只有一到暑天，实在是无法可施了。所以当他每次发现了一些腐败的食物时，总是暗暗地想起了两个问题，他想："我就把它吃下去吧！——可是，我还想替百姓们做些有益的事，要是吃坏了身体，怎么好呢？那么，我就把它抛弃了吧！——可是，这些食物，

上古神话

都是用百姓们的劳力换来的，我这样暴殄①了，怎么对得起百姓们呢?"尧被这两个问题纠缠着，一时很难解决，因此心里便觉得很难过。

这样过了几天，尧的食物橱里，忽然生了几株怪草出来：它们一刻不停地摇动着，厨里便发出一阵阵很寒冷的风。橱里储藏着的食物，被风吹拂着，便永远不会腐败了。——这种草，据说名叫"蓂荚②。"

蓂荚草长出了没有几天，尧恰好在办理一件重要的事情，因为那时没有日历，在忙乱中偶然记错了一个日期，险些儿把那件要事耽误了。

尧一方面责备自己的记忆力太坏，一方面却一心研究，想制定一种日历，使得全国的人都有所依据。但是，这时候天文学还没有发明，随你怎样苦心孤诣，一时哪里能够研究得出来呢?

尧为了这一件事，心里也着实烦闷，渐渐地竟至寝食不安起来。百姓们都担心他快要病了，个个也都愁眉不展地非常不自在。

正在这当儿，忽然在尧的庭前，夹着阶沿，

又生了几株怪草。这种草，每到月朔③，茎上便开始长出一荚④；第二天，又增加一荚；第三天，再增加一荚，这样到了月半，一共就生了十五荚。从此，便可以知道：一荚是每个月的第一天；两荚是每个月的第二天；三荚是每个月的第三天……照此推算下去，直到第十五天，都可以一目了然了。

不过，月半以后，日子一天一天地增加。一时要把它瞧一个清楚，似乎很不容易。所以，一到了第十六天，那草茎上便落下一荚；第十七天，再落下一荚……这样每天落下一荚，直到月晦⑤为止。

如果是月小，最后的一荚虽没有落下的机会了，但是，等到下个月初一的荚生起，那最后的一荚便立刻枯萎，使人一望便知道是已经废弃的了。

尧的天然日历，便这样成就了。他处理一切国事，便不必再担心记错日期了——这种草，据说名叫"蓂荚⑥"。

【注释】

① 暴殄（bào tiǎn）：就是贱视物品，一点儿也不加爱惜的意思。

② 萐莆（shà pú）：是上古时候一种祥瑞的草。一名倚扇，形状如蓬，枝叶很大。根很细小，像丝一般。能够转动成风，又能够杀蝇。

③ 朔：凡事开始叫作朔。所以阴历每月初一，称为月朔。

④ 荚（jiá）：草木的果实，狭长而没有隔膜的，都叫作荚。

⑤ 晦：是不明显的意思，阴历每月的末日，月亮完全隐没了，所以称作月晦。

⑥ 蓂（míng）荚：也是一种瑞草，又名历荚。

会飞行的偓佺

【故事】

　　槐山①中住着一个异人，名字叫作偓佺②。他每天在山中巡行着，专门采取种种的草药，替人治病。

　　他从来不吃一点儿烟火食的，肚子饿了，只要将他藏着的松实③拿出来吃几颗，便可以挨过去了。他的全身，都生着很长的毛，大约有七寸的光景；他的两只眼睛，几乎成了方形……形容非常丑怪。

　　有一次，有一个马夫，牵了一匹马，从山下走过，那匹马忽然溜了缰④，一直向前狂奔。那马夫怕它或许会踏伤了人畜，毁坏了农作物，心里着急得不得了，便恳求那些过路的人，帮着他去追赶。但是，那匹马却是一匹神骏⑤，跑得太快了，终于没有一个人追得上它。

偓佺在山上听到了这一回事，他便自告奋勇，情愿替他去追赶回来。

　　起初，众人都不相信他的话，所以谁也不去理他。哪知偓佺竟不等那马夫的允许，便自管自地追了上去。

　　众人只见他很轻快地向前跑去，仿佛两脚不着地一般，不一会儿，果真在几百里以外，把那匹溜缰的马追了回来——这一来，大家才知道他是会飞行的。

　　过了许多时候，偓佺又拿了几颗松实，去献给唐尧，可惜尧没有吃它。据说，这种松，名叫"简松"，吃了简松的果实，每个人都一直可以活到三百岁。

【注释】

① 槐山：古山名。

② 偓佺（wò quán）：上古的仙人。

③ 松实：松树上结成的球果，经一二年始熟。

④ 溜缰：缰，或作缰，是系马的绳子。马忽然脱了绳子溜跑，叫作溜缰。

⑤ 神骏：神异的良马。

斑竹的来历

【故事】

现在，我们所用的各种竹器中，不是有一种斑竹①做成的吗？那种竹上，因为有许多棕黑色的斑点，似乎比别的竹来得美丽，所以，喜欢用这种竹器的人也很多。

但是，这种竹子上，为什么生着这许多斑点呢？——其中却有一段悲哀的神话：

据说，在尧做皇帝的晚年，因为丹朱②不肖，便决心想把帝位传给舜③，并且，更把自己的两个女儿，一齐嫁给他做妻子。

这两个女儿，大的名叫娥皇，小的名叫女英④。她们虽然都是皇帝的女儿，但是，却一点儿也没有骄盈的习气。所以，她们和舜结婚以后，便常常跟着舜，到田野中去工作，对于无论什么人，也都非常温婉谦恭。

后来，舜做了四十九年皇帝，因为要视察民间疾苦，便到南方去游历。可是，不幸得很，当他刚巡行到苍梧⑤地方，终于因为操劳过度，得病死了。

娥皇和女英，当舜出门以后，她们都时刻想念着他，所以，过不了几天，便也从家里动身，跟着出来了。——她们依着舜所走过的路径，急急地行进，想追到舜的去处。

哪知，她们才走到湘水⑥旁边，就得到了这个坏消息。

这是多么悲伤的事！自然，她们闻讯以后，便嚎啕大哭起来。这时，她们恰好站在几竿修竹的旁边，所以，眼泪滴下去，都滴在几枝竹枝上，斑斑点点的，很是鲜明。可是，事后她们曾竭力揩抹，却总是揩抹不去了。

不但这样，而且以后新生出来的竹枝，也就有斑点了。——这便是斑竹的来历。

不久，娥皇和女英也死了，她们便做了湘水的神：一个名叫湘夫人；一个名叫湘君⑦。现在在湖南地方，还有湘君庙⑧的建筑。

并且，据一般的传说，当时她们从湘水一直到苍梧，所有沿路的竹枝上，都被她们的泪洒遍了，所以直到现在，别的地方没有斑竹，只有湖南和广西却产生得很多。

【注释】

① 斑竹：一名湘妃竹，产于湖南、广西。

② 丹朱：唐尧的儿子，不肖，且喜欢游戏，所以尧把帝位传给舜。

③ 舜：姓姚，名重华。做天子以后，称有虞氏。

④ 娥皇、女英：都是尧的女儿，同嫁给舜。舜即帝位，娥皇为后，女英为妃。女英或称女莹，也有写作女匽的。

⑤ 苍梧：就是现在广西的苍梧县。

⑥ 湘水：是湖南的一条大江。发源于广西兴安县的阳海山，入湖南，又北流至长沙，入洞庭湖。

⑦ 湘君、湘夫人：据洪兴祖《楚辞》注：湘君是娥皇，湘夫人是女英。但刘向和郑玄，却都说湘夫人是娥皇，湘君是女英。到底哪一说较正确，很难判断。

⑧ 湘君庙：因湘君曾游洞庭山（亦名君山），所以湘君庙就建于洞庭山上。

奇怪的玛瑙瓮

【故事】

当高辛氏做皇帝的当儿，因为很有德行，连远方的小国，也都来朝贡。其中有一个叫作丹丘国①的，献了一个玛瑙②瓮进来。

这个玛瑙瓮，雕制得玲珑精巧，十分可爱。高辛氏收受以后，一时没有什么用处，就拿它来盛甘露。因为，那时候政治清明，天下太平，各种祥瑞，时时发现，所以高辛氏的厨房里，也常常是充满甘露的。

这样经过了六十多年，一直到了尧的时候，玛瑙瓮里的甘露，还是满满的，一点也没有干竭，尧就叫它宝露。

到了舜的时候，才把这玛瑙瓮放到衡山③上去，并且在衡山之岳，建造了一座宝露坛。据说，在这坛的四周，时时有云气环绕着，仿佛是护卫似的。直到舜南巡衡山，又把它搬到零陵④去了。

自此以后，这玛瑙瓮里的甘露，每每就跟着时世的兴衰，自己会增多或是减少：要是时世兴盛，瓮里的甘露便会满起来；时世衰替，瓮里的甘露便一点点地减少了。

【注释】

① 丹丘：海外的神仙地，昼夜都明亮不黑的。

② 玛瑙：石英类矿物，上面有赤、白、灰三色相间，成平行层，色彩很美丽，有光如玻璃。产于印度，极珍贵。

③ 衡山：山名，五岳之一。在湖南衡山县西北三十里。

④ 零陵：古地名。在今湖南宁远县东南。

洪水时代的奇迹

【故事】

古时洪水^①泛滥，尧曾使鲧^②治理这件事。但是，经过了九年，仍旧没有成功。到了舜做天子，便保举鲧的儿子禹^③，叫他继续父业。

禹奉了这个使命，不敢怠慢，立刻偕同益夔^④，先到各处名山大泽间去调查水势。他每到一个地方，便召集山神，细细地问他：山川的脉理怎样？鸟兽昆虫的产生怎样？以及八方^⑤的民俗、土地的里数等，都叫益夔记下来，不久就完成了一部书，叫作《山海经》^⑥。现在把它摘出几则来看看：

招摇山，在西海上，山上多桂树和金玉。更有一种小草，开着青色的花，名叫祝馀。这花只要摘几朵来吃了，肚子就永远不会饥饿。还有一种树木，结的果子很像谷类，名叫迷谷^⑦，如果将它采下些来佩在身上，就不会被一切魔怪所迷惑了。还有一种野兽，样子很像禹⑧，耳朵是白的，能够像人一般地两脚站起来走路。这种兽名叫狰狰⑨，吃了他的肉，能够跑几千万里路，不知疲倦。

钟山的山神名叫烛阴，他把眼睛睁开来，便成为白天；把眼睛闭起来，便又变做夜晚了。他用嘴吹一口气，季候就变成严冬；叫一声，就变成炎夏。他既不饮，又不食，身长约有一千里，相貌非常奇怪：人的脸，蛇的身体，颜色又是血红的，终年住在钟山的下面。

崇吾山上，有一种小鸟儿，形状像凫⑩，却只有一只翅膀，一只眼睛，仿佛是从整个鸟身上剖下来的半只。它们一定要找到别的同类，互相把身体拼凑起来，才可以任意飞翔。这种鸟名字叫作蛮⑪。据说，当它们飞出来的时候，世界上便要发洪水了。

太华山形势峻峭，高约五千仞⑫，山顶成四方形，周围约十里。山上并没有鸟兽，只有一种大蛇盘踞着，蛇名肥壝（wéi），有六只脚，四只翅膀。有人见到这种大蛇，世界便要大旱了。

昆仑山上有一个神，面貌虽和普通人差不多，但是，他的身体，却像一只老虎，而且有斑纹，有尾巴。尾巴上缀满白色的点子，样子十分可怕。在他住着的地方，下面有一条弱水⑬环绕着，水的北面，又有一座山，叫作炎火山。山中火光熊熊，要是拿物投到山中去，立刻便会燃烧起来。这山非常富庶，无论什么东西都有，而且还有一个神，嘴里生着老虎的牙齿，背后长着豹的尾巴，头上戴着一个胜⑭，终年住在洞穴中的，名字就叫作西王母。她有三只青鸟，终日飞来飞去的，据说是替她到昆仑山上去取食物的。

昆仑山的面积，约八百里，高约一万仞。山上有木禾⑮，长约五寻⑯，粗约五围。木禾的前面有九口井，井栏都是用白玉雕成的。更有九扇门，每一扇门里，都有一只名叫开明的野兽守着——开明兽身大如虎，生着九个头，容貌都和人一样，永远是向着东方站着的。在开明的西面，有几只凤凰和鸾鸟，它们的头上都顶着一条蛇，脚下也踏着一条蛇，胸口更盘着一条赤蛇。

林氏国有一种珍奇的野兽，大小和老虎相

仿佛，身上五色斑斓，尾巴很长，名字叫作驺（zōu）。有人骑着它，一天可以走一千里路。还有一种巴蛇，全身是黑色的，头部是青色的。它因为身体长得太大了，平常的一切野兽，委实不够它一嚼，因此，常常只找寻些大象来充饥——也许正如我们吃一只小虾一般——一直要经过三年以后，才会把骨头慢慢地吐出来。

昆仑山的东面，有几个本领很大的神人住着，名字叫作巫彭、巫抵、巫阳、巫履、巫凡、巫相⑰。以前曾有一个蛇身人面，名字叫作窫窳⑱的，忽然被人杀死了，他们能够用不死的药，使那窫窳的尸体，死而复生。

此外，还有不少奇异的地方，产生不少千奇百怪的鸟、兽、草、木，一时也说不尽这许多了。

【注释】

① 洪水：就是大水。

② 鲧（gǔn）：四凶之一，治水无功，尧杀之于羽山。

③ 禹：姓姒，颛顼的孙子，受舜禅，为夏朝开国的君主。

④ 益夔：舜时的典乐官。

⑤ 八方：四方四维，叫作八方。

⑥ 山海经：书名，共十八篇。据说是益夔所作，但书中有许多夏、商以后的地名，所以很有疑窦。

⑦ 迷谷：木名，形状像谷，有黑毛斑纹，开花四面垂下。

⑧ 禺（yú）：兽名，一名果然，也可写作猓猢。是一种长尾猴，产于非洲、印度等处，面白颊黑，毛白有黑纹，尾巴比身体还长，性机敏，喜群居。

⑨ 狌狌：狌音 xīng，兽名，就是猩猩。

⑩ 凫（fú）：一种水鸟，俗名野鸭。

⑪ 蛮：一说名比翼鸟，毛色青赤。

⑫ 仞：古以周尺八尺为仞，合营造尺六尺四寸八分；又说是七尺。

⑬ 弱水：水的表皮张力很薄弱，即使丢下一片鸿毛，也要沉下去的。所以叫作弱水。

⑭ 胜：一种首饰的名称，大约和现在女孩子头上戴的绸结差不多。

⑮ 木禾：是一种谷类，生在黑水之阿，可以当粮食的。

⑯ 寻：八尺为寻。

⑰ 巫彭、巫抵、巫阳、巫履、巫凡、巫相：都是古时的神医。

⑱ 窫窳（yà yǔ）：一个神怪的名字。

防风国的两个凶神

【故事】

上古的制度，凡是做天子^①的，每隔五年，一定要到各处去巡狩^②一次。

大禹即了帝位，天下已经很太平了。过了几年，也照例到各处去巡狩。有一天，到了茅山^③顶上，禹觉得那座山的形势很好。如果就在这地方做个开会的场所，似乎是很适宜的。因此，他便发出一道命令，立刻召集诸侯们，到茅山上来会见。

这一次的大会，因为是专门计划治国的道理的，所以，禹就把茅山的名字，改成了"会计"，——后来也有人将它写为"会稽"了。

闲话慢表，再说当时四方的诸侯，自从接到了禹的命令，他们便急忙动身，一齐向着茅山进发。不多几天，就已到了目的地了。茅山顶上，顿时挤满了黑压压的人头，非常热闹。有人约略地计算一下，大约执玉帛④的，一共有一万多国，这真可算是自古以来，第一次的盛会了。

在这些诸侯之中，心悦诚服地来会的，自然是居于多数；但是，其中也有桀骜不驯，一时因为畏惧禹的势力，不得已而来的，像防风国⑤的两个凶神，便是属于这一类的。

这两个凶神，来的时候，手里既不执玉，又不执帛，却是执着两张大弩，形状已是十分地野蛮了。哪知他们一遇着大禹，不问情由，便举起大弩，搭上了一支利箭，直向他射了过去。幸亏，大禹躲避得很快，总算没有被他们射中。

这时候，两个凶神看见大禹神色不变，心中正在吃惊，忽然间，天上却已布满了乌云，轰隆轰隆地打起雷来了，一道道的电光，不住地只向着两个凶神的身上闪着。因此，两个凶神更加手足失措，不知怎样才是。

他们暗想："大禹的确是一个伟大的神人，所以我们侵犯了他，天也要责罚我们了。可是，与其被迅雷⑥击死，倒不如自尽了吧！"他们一面想着，一面便拔出一把刀来，向着自己的心窝里刺了进去。

仁慈的大禹，看到这种情形，不但不怨恨他们，却反而动了恻隐之心。他立刻便去找了一株"不死之草"来，亲自给他们治疗，那两个凶神，才重新活了过来。

不过，他们的胸前直穿到背后，永远是留着一个大洞了。后来他们的子孙渐多，便另成一国，就叫作贯胸国⑦。

贯胸国里的人民，却有一件极便利的事，就是他们每天出门，可以不必坐轿，不必乘车，只要用一根木棍，向着那胸口的洞中一穿，前后雇两个人抬着，便可以很舒适地到处游行了。

【注释】

① 天子：古时以天为唯一的伟大者，所以有统治权的，就说他是天的元子——元子就是嫡亲的长子。

② 巡狩（shòu）：天子巡行诸侯所守的地方，叫作巡狩。

③ 茅山：就是会稽山，也就是古时的防山；又叫作栋山。

④ 玉帛（bó）：古时会盟朝聘的时候，执在手里，算是礼

节的。大概诸侯执玉，附庸执帛。

⑤ 防风：古国名，就是现在浙江的德清县。

⑥ 迅雷：来势很急的雷。

⑦ 贯胸国：人民的胸口，都有一个窟窿的，也叫作穿胸民。

飞沙填没了长夜宫

【故事】

夏①桀②暴虐无道，百姓们都很怨恨他。但是他的力气很大，能够徒手打死老虎，所以大家也奈何他不得。

自从他去征伐蒙山③，娶了妺嬉④回来，便事事都听她的指使，更加穷奢极欲，荒淫无度了。

不久，桀又听了妺嬉的话，预备在宫中建筑起一座瑶台来，作他们游乐的场所。于是，他便发下一道命令，要征集全国的百姓来替他做工，并且还要他们尽力地捐助钱财。因此，百姓们财穷力竭，十分困苦。

有一个大臣名叫关龙逄⑤的，看到这种情形，便劝他道："古时候的皇帝，都是爱百姓，讲俭朴的，所以国家也很安宁。现在，你用钱好像永不会穷尽似的，杀人又不当怎么一回事，要是再不改过，也许亡国就在眼前了！"

桀却冷笑道："哼，你要明白，我之有天下，犹如天上有太阳，太阳会有灭亡的时候吗？——这是你的妖言罢了，要知道，妖言惑众，是犯罪的。"说着，便叫人把关龙逄拿下，绑出去斩了。

从此，便没有人再敢劝谏他了。桀不但照着计划，把瑶台⑥建筑好了，并且更在深谷⑦中，造了一座长夜宫⑧，预备和妹嬉以及亲信的人们彻夜作乐。

这座长夜宫，造得非常精致，其中雕梁画栋，真是说不尽的繁华。造成以后，桀便率领妹嬉和宫女们，昼夜住在宫中，并且邀了一班幸臣，饮酒、奏乐。这样男男女女的混杂在一起，每夜总是直到天亮，才肯散去。

桀在夜里饮宴得疲倦了，白天就整日地睡觉休息，这样接连十旬⑨，他一直没有上朝去听政。一切国家大事，只凭着他所亲信的几个佞臣，任意处理，国事自然便紊乱得一塌糊涂了：狡猾的莠（yǒu）民，可以放大胆子欺压弱者；驯良的百姓，受了冤屈没有地方申诉。搅得天怒人怨，国家也不像国家了。

有一夜，桀兴致勃勃的，又在长夜宫中，开怀痛饮。不一会儿，忽然听见谷外风声呼呼，霎时飞沙走石，连这建筑得很坚固的长夜宫，也摇动起来了。

桀知道事情不妙，急忙搁下酒杯，扶着妹嬉，慌慌张张地冒险逃出谷外。幸亏，这些沙石是只向谷中飞投的，所以逃出了谷外，桀的性命总算保住了。

大风刮了一夜，沙石也飞了一夜。等到第二天早晨，有人走过谷外，那深谷已看不见了，长夜宫也不知去向了。——原来一夜的飞沙走石，已经把深谷填平，长夜宫自然是埋没在深谷中了。

据说，这是上天恼怒他的无道，所以特地给了他一次惩戒。

【注释】

① 夏：朝代名。禹受舜禅，国号夏。

② 桀（jié）：名癸，发的儿子，居斟寻，在位五十三年，被商汤所灭。

③ 蒙山：在今山东省费县西北。

④ 妹嬉：亦作末喜，或作妹喜，有施氏的女儿。

⑤ 关龙逢（páng）：夏朝的贤臣。

⑥ 瑶台：瑶是一种美玉。用玉装饰在台上，叫作瑶台。

⑦ 深谷：很深的山洞。

⑧ 长夜宫：桀造这宫，打算不分昼夜，都当他是在夜里一般地作乐，所以叫作长夜宫。

⑨ 十旬：十天为一旬，十旬便是一百天。

葛由骑木羊上绥山

【故事】

周成王^①初年，在一条街市上，忽然出现了一个怪人——他的名字叫作葛由，每天只是用了种种木块，很勤奋地在雕刻许多木羊。雕刻成功了，他便陈列在街上，叫喊着，以便招徕主顾们来购买。

人家因为他雕刻得玲珑精细，十分可爱，就有买了去当作玩具的，所以，他的生意倒也很过得去。

这样过了许多时光，有一天，大家正围着葛由，要向他购买木羊。哪知葛由却向众人谢绝道："请你们原谅，今天我不做生意了。"

众人都觉得奇怪，便问他道："那么，什么时候再做生意呢？"

葛由摇着头道："永远不做了，而且，永远要与你们分别了！"

说着，只见他随手拿起一只木羊，对着它的耳朵边说了几句话，那只小小的木羊，便渐渐地大起来，大起来，竟大到比真的山羊还要大了。

　　围着他的人，都瞧得诧异极了。有的人，便走上一步，打算向他问个明白。不料，那葛由却早已一脚跨上了羊背，向众人拱了拱手道："对不起，我们再会了！"

　　真奇怪，这时候那只木羊的四条腿，也居然飞也似的跑起来了，倏忽之间，便已到了蜀^②中。

　　蜀中的许多王侯贵人，知道了这一回事，便一齐跟在他后面，想把他追回来。大家这样不知不觉地，竟一直追到绥山^③顶上去了。

　　这座绥山，就在峨眉山的旁边，山顶是很高很高的，山上种的全是桃树。这班人跟着葛由跑了上去，却从此不见他们回来。

【注释】

① 周成王：武王的儿子，名诵，即位时因年纪很小，所以由他的叔父周公摄政。

② 蜀：就是现在的四川。

③ 绥（suí）山：在四川峨眉山市西南。

上

古

史

话

序　说

　　无论中外的历史，关于"上古"一部分，因为年代湮远，无可稽考，所以大概都是属于神话一类的，像我们中国的古书上所说：

　　"燧人之世，有巨人迹，出于雷泽。华胥以足履之，有娠，生伏羲于成纪，蛇身人首，有圣德。(《帝王世纪》)

　　"黄帝时，有蚩尤，兄弟八十一人，并兽身人语，铜头铁额，食砂石子……"(《龙鱼河图》)

　　这些古书，这些奇怪的事，当然难以深信。就是史学家一向所认为比较可靠的有巢氏、燧人氏等这些人名，我们也觉得有些怀疑。不过，我们却只要知道，这些大概是某时代社会改进的一个象征罢了，至于真确与否，我们也不一定拘泥。因此，本书的取材，只能从事实方面有可能性的，节取一部分，或者加以引申，或者删其无稽。

　　还有，"上古"的时期问题，自来各说不一，据史学家的习惯，都以洪荒时代为起点，至周秦为终结。但东周以降的材料很多，可以单行别出，各自成书，所以本书便截至周初为止了。现在，将本书所用的参考书，列后：（一）徐文靖的《竹书统笺》；（二）罗沁的《路史》；（三）马骕的《绎史》；（四）李载贽的《藏书》。

最初的世界是怎样的

【故事】

　　我们现在住在这样繁华的世界中，对于衣、食、住、行的需要，没有一样缺少，这是多么幸福啊！但是，我们再仔细想一想，这些关于衣、食、住、行的设备，到底是怎样发明的呢？——这大概谁都可以回答，自然都是我们人类的祖先辛苦地创造出来的。

　　那么，在这种事物没有发明以前，是怎样一个世界呢？

　　原来在几千万年以前，世界只是一片荒芜，满地都生长着又高又大的草木，仿佛是一个极大的荆棘丛。而在这中间活动的，就是少数的不识不知的人类，和成群的凶悍①、鸷②猛的野兽、飞鸟。

　　实在，那时候的人类，和野兽、飞鸟的生活，也是没有什么两样的。他们只靠着一切天然物过活，连一件人造的东西也没有：他们住的是荒地和山洞；吃的是果子或鸟兽的血肉；穿的是树叶编成的遮盖物和鸟兽的皮毛。

可是，住在那荒地上，每每要被野兽所侵害，山洞里又是黑漆漆的透不过气来；吃了生的血肉，常常又因不消化而害病，死亡；披了这样碎纷纷的树叶，包了这种腥污难闻的兽皮，既不方便，自然也是很不舒适的。——我们要是闭了眼睛揣测一下，觉得他们那种简陋的生活，是多么难堪啊！

【注释】

① 悍：凶而且狠的意思。

② 鸷（zhì）：鸟类中最凶猛的鸟，叫作鸷鸟。引申起来，凡是一切凶猛的行为，都可说是鸷猛。

教人造屋子的老师

【故事】

人类穴居野处了许多时候，便有一个名字叫作有巢氏①的，觉得住在这种地方，既潮湿气闷，又要防备凶猛的野兽来侵害，总不是一个妥善的所在，所以很想设法改良一下。

有一天，有巢氏在山洞里住得气闷极了，他便独自一个人走到外面去闲逛，走了一会儿，不知不觉地到了一个绿树荫浓、花香扑鼻的所在。

有巢氏吸过一口新鲜空气，便在一块大石头上坐了下来，细细地赏玩这美妙的风景。一霎时，他又听得绿树丛里，有几只小鸟儿歌唱着，啾啾唧唧的音调，十分婉转，因此，愈使他不忍立刻离开这个地方。

小鸟儿唱了一会儿，便停止了。有巢氏偶然抬起头来，只见它们又忙着衔了一根一根的枯枝，正在树枝上架搭起来。

有巢氏看得诧异极了，暗想："这是什么玩意儿呢？"一边思忖着，一边仍旧静静地考察。不一会儿，居然搭成了一个小鸟窝。一群小鸟儿都飞进窝中，很快乐地又一齐唱起歌来，好像是祝它们的新屋落成一般。

这一来，顿使有巢氏恍然大悟了。他又想："这个所在，真是又高又爽。如果我们能够照它的法子，搭起一个较大的窝来，终日住在里边，岂不是可以避开凶猛的野兽，又不致受那山洞里的气闷了？"

可是，鸟的身体很小，自然有现成的枯枝可以适用。人比鸟大得多了，这种枯枝怎能合用呢？于是，有巢氏便决心想把整棵的小树斫下来，搭盖一个很大的人窝。

有巢氏的主意打定了，他就动手去斫小树。可惜，那时还没有铁斧等工具，那树根生长在地下，又十分地坚固，所以凭他用了多少气力，依旧是一动也不动。

有巢氏叹了一口气，自己以为这新发明的初

次试验，一定是失败的了。他很懊丧的，刚预备走回山洞去再慢慢地设法，不知怎样忽然一回头，却瞧见了后面山脚边堆着的许多石片——这种石片，又阔又薄，样子是很锋利的——有巢氏顿时发现了一线希望，他想："不去管它，且拿了这东西来矸它几下，看它会不会倒下来！"

他就很快地跑到山脚边，去捡了两块薄而坚固的石片来，很用力地开始在树干上矸了几下，果然，那树干上便深深地现出一条裂痕。

有巢氏心中大喜，他就照这样继续地矸伐，矸了许多时候，好不容易居然被他矸下了一株。后来，他又觉得一个人工作，成绩很是有限。因此，他便去邀了许多朋友，大家通力合作，不到几天，就矸下了不少的树干。

有巢氏拿了这些树干，照着小鸟儿做窝的法子，一根竖，一根横，高高地架起来。并且略微加以改良，在前面开一个出入口，在上面又盖了许多茅草，便造成了一个窝不像窝，屋不像屋的东西。

从此，有巢氏便天天住在这里面了：既没有

潮湿气闷的不适，又不怕猛兽的侵害，当然较从前的山洞、旷野，好得多了。

　　大家看见有巢氏发明了这种住所，个个都非常羡慕，他们便也学着样，互相帮助，搭起一个个的窝来了。——我们现在住的屋子，也就是照这种窝的样子，渐渐地改良，才成功的。

【注释】

① 有巢氏：上古的圣人，又号大巢氏，是教民巢居的人。

树林里烧死的野兽

【故事】

自从有巢氏发明搭巢的法子以后，有一个名叫燧人氏①的，便也常常到野外去观察，想发明些别的应用的东西。

有一天，燧人氏正打从一株大树下走过，忽然听得那树干上，得得得得地，发着微响。他一时诧异起来，便停住了脚步，抬起头来寻找，原来在一枝粗大的树干上，停着一只长嘴的大鸟，正不住地在乱啄着。

燧人氏不明白它是什么缘故，便站在树下，呆呆地瞧着，哪知一霎那间，骤然在树干上发出一缕光亮，倒把燧人氏吓了一跳。他暗想："这株树真好玩，怎么这鸟嘴这样啄几下，便会发出火光来？——但是，不知道用别的东西敲几下，会不会一样地发出火光呢？"

燧人氏一边想着，便随手在地上捡起一块像鸟嘴一样尖长的石子，也学着鸟儿的样子，用力在树干上啄着钻着，不一会儿，果然觉得树干渐渐地发热了。再钻了几钻，就看见飞起一缕青烟，接着便发了火，连树干也烧起来了。

　　燧人氏被好奇心所鼓动，险些儿要欢喜得发狂了。他立刻便去邀了几个同伴们来，把这事告诉了他们，大家也都以为很有趣味。

　　他们就照着燧人氏的话，各人捡了一块尖而长的石子，拼命地向树干上钻去，过了一会儿，自然也照样地发出火来了。大家便拿了些干草，点着火，随意闹着玩，有些人更用了这火，去烧旁边的枯树、干草，这一来，火势便蔓延到了整个树林。林子里虽然没有人住着，但是，远近的人望见了这火光，也一齐跑来观看了。——这时候，他们已发现了功用伟大的火，却还不知道有什么用处。

　　火烧了好几天，把这个林子都烧得精光了。才渐渐地熄灭。可是，燧人氏却因此愈加起了研究的兴趣，他便悄悄地走进那火烧过的树林，打算寻求一些烧剩的遗迹。

他刚走了几步，就嗅到了一阵异样的肉香。他连忙跟着这阵香气找寻过去，立刻便找到了几只被烧死的野兽，有的竟连身上的毛也完全烧掉了。那阵肉香，当然就是从它们身上发出来的。

燧人氏恰巧肚子有些饿了，他就不管三七二十一，动手把死兽的肉撕了一片儿下来，送进嘴里去尝了一尝。吓，真奇怪，谁知那些肉竟是香嫩适口，滋味比生的肉要好吃得多。燧人氏一个人吃了一个饱，才走出这火烧过的树林，把这事儿去报告他的同伴们。

大家得到这消息，都争先恐后地赶到这火烧场上，来找烧死的野兽吃：有的得到一只兔子，有的得到一只野猪……大家便一片一片地把肉扯下来，乱七八糟地塞进嘴里去，他们都说："燧人氏的确没有骗我们，这种烧过的肉，真的要比生肉的滋味好上几千倍呢！"

从此以后，大家才知道要吃烧熟的东西了。而且，渐渐地又得到一种经验：知道直接把食物拿到火里去煨（wēi），是容易变成灰炭的。所以，燧人氏又代他们设法，教他们找了一块薄薄的石片当作锅子，把肉搁在石片上面，用火在石片下面缓缓地烧起来——这就是我们现在一切烹调法的起源。

【注释】

① 燧（suì）人氏：古帝名，一说是有巢氏的儿子。他生性很聪明，曾看见鸟啄大树发火，便发明钻木取火的法子。据《拾遗记》说，这大树所在的地方，叫作"遂明国"。

一条麻绳真有用

【故事】

　　从有巢氏经过燧人氏，一直到庖牺氏①，虽然住的吃的都比以前进步了不少，但是主要的食品，还是全靠打猎得来的鸟兽。当他们捉着鸟兽的时候，因为恐怕被它逃走，所以常常是随手拔起些野草，绞成了草绳，将它紧紧地捆绑着，以便抬回家去。后来，又因为草绳容易扯断，不适用于捆绑较大的野兽。大家便悉心研求，好容易才找到了一种又牢又韧的苎麻，用它结成了麻绳，代替以前的草绳，那些强有力的野兽，才逃不脱身。

　　这时候，做众人的领袖的，就是庖牺氏。他一刻不停地替众人计划着谋生的方法，更一刻不停地指挥着众人，去创造新的环境。他的事务十分烦杂，所以每每做了这件事，便忘记了那件事。为了这个缘故，庖牺氏自己也曾竭力研究，想研究出一个法子，把要做的事预先记起来。

恰巧这时候有人发明了麻绳，庖牺氏便利用了它，做他记事的东西。譬如：明天有一件重大的事要做，他便在麻绳上挽一个大结；小事，便挽一个小结。到了明天，只要照了麻绳上的大小结子去办，就永不会忘记了。

有一天，庖牺氏处理好了公众的事务，他便坐在那树枝和枯草搭成的窝里，准备休息一会儿。不提防，一瞥眼就看见一株树枝上，有一个蜘蛛，正在抽丝结网，它刚结好了没有多少时候，忽然有一个小小的飞虫飞过，不知怎样一个不小心，恰好被那网儿网住了。

蜘蛛看见那飞虫网住了，它便很快活地纵身一跳，扑过来把那飞虫捉来吃了。

庖牺氏暗想："我们人类真笨啊，大家捕捉鸟兽，总是要用了木棍去打，拾了石子去投掷，所以费力很多，收获很少。要是我们也照着蜘蛛的法子，做成一个网儿去捕捉，不但陆地上的鸟兽一定容易捉住，就是水里的鱼虾等物，也许都可以网起来作我们的食物呢！"

他灵机一动，便决意要设法结网。可是，蜘蛛会在自己身上抽出丝来，人类身上没有丝可抽，怎么能够结网呢？

庖牺氏想来想去地想了半天，不期然地又想到那麻绳上去了。他一时何等地兴奋，立刻就取了一束麻绳，照着蜘蛛网的大概，横一根，竖一根地将它打结起来。几天以后，果然被他结成几张很大的网。

他便率领众人，跑到山上去，将这几张网四面围住了，然后再到鸟兽最多的地方，拿着木棍、石子儿等一阵追赶，那些鸟兽们，霎时被他们赶得昏昏沉沉的，一齐都向山上乱飞乱走，不觉都自投罗网了。

庖牺氏和众人，连忙把网儿收起，居然活活地擒获了无数的鸟兽。他们以后就照这法子捕捉，供众人们的享用。要是有时捉得太多了，吃不完，就挑那很驯服的豢养起来，这些鸟兽，渐渐地由大的生小的，小的大起来再生小的，永远绵绵不绝，人类也不必再费大力去打猎，就可以得到现成的食物了。我们现在知道畜养鸡、鸭、猪、羊、牛、马等，就是上古先民传下来的法子。

【注释】

① 庖（páo）牺氏：就是伏羲氏。古帝名，姓风，又称太昊，有圣德。他教民佃渔畜牧，以充庖厨，所以名为庖牺。

这是一件好东西

【故事】

庖牺氏以后，便由神农氏①做了酋长。

他是一个喜欢研究种植的人，所以天天采集了各种植物，细细地观察它的形状，细细地辨别它的味道，很有兴趣。

有一天，神农氏又采到了一种草，高约三四尺，在每株草的头上，都结着一球细粒的果实，和他平常见惯的植物，很有些不同。神农氏当即把果实剥了出来，放在嘴里尝了一尝，却觉得滋味很好。

这时候，既已发明了火食，他们无论得到什么东西，都是要放到火里去烧着试试看的。现在，神农氏得到了这种植物，自然也不能例外。因此，他就采了许多这种细果实，剥了壳，放在石片做成的锅子里，加了些水，用火煮了起来。哪知不到片刻，这石锅子里便透出一阵香气来了。神农氏忙把那细果实捞起来瞧瞧，都比以前膨胀了好些，而且质地也变得很柔软了。他就放到嘴里去尝了一尝，不料那味道竟比什么东西都好。神农氏十分高兴，就替它取了一个名字，叫作"谷"。因为，上古时候称赞这件东西是"善"的，就叫作"谷"；神农氏把这些果实名为"谷"，意思就是说："这是一件好东西。"

自此以后，那些人民除吃肉以外，也都学着神农氏的法子，每天总要去找些谷来煮了充饥。这样一来，那天生的谷便一天天地减少，平常差不多已经不大找得到了。

神农氏看到这种情形，非常忧虑，他想："照这样下去，这好吃的谷，不是就要绝了种吗？"因此，他就开始研究谷的种植法，一面找了一块平地，拔去了荒草，把谷的种子撒在泥土中。

但是，他第一次种植的成绩很不好，所结的谷全是空的。于是，他只得重新再专心研究。一直经过了好几个月的光阴，他才彻底研究明白，知道地上的泥土太结实了，无论如何是结不出好果实来的。自此，他又发明了两种开垦泥土的工具：一种叫作耒；一种叫作耜。

利用这种工具，就很容易将泥土翻松。神农氏再将种子撒下去，而且每天很勤劳地灌溉、拔草，过了多时，居然渐渐地长大，渐渐地开了花，结了果。神农氏欢喜极了，连忙将它采了下来，剥了壳，照着以前的法子，仍旧放在石片做的锅子里煮来吃，那味道却和自然生成的一点儿也没有两样。

众人知道这方法，便也学着他垦田掘地，照样地种起许多谷来。他们种了吃，吃了再种，便不怕它绝种了。

同时，神农氏尝试各种植物的结果，又发明了许多药物，替人治病。后来，他就把各种药物的形状和体质，一一记载起来，做成一本书，叫作《本草》。

【注释】

① 神农氏：古帝名。姓姜，又称炎帝。因为他起于烈山，所以或称烈山氏。

小虫儿变成鸟卵一般了

【故事】

自从当初神农氏发明了种植，人民除了种谷以外，自然也有种别种植物的，像苎麻一项，种植的人也就不少。因为，在这时候，他们已经知道麻的用途，不但可以结绳子，又可将它编织起来，织成很粗陋的麻布，用来代替那遮蔽身体的树叶了。

到了黄帝时候，有一个女子，名字叫作嫘祖①。她也是很喜欢研究自然界现象的，所以一有闲空，便在山野中留心观察，仔细推求。

有一天，她在山坡上走过，一眼就瞧见一株矮矮的树木。那树叶子上，却爬着几条一寸来长的虫，正在吃那树叶。其中有几条，却抬起了头，不住地蠕动着，而且嘴里还吐着一根光洁细长的东西。更有几条，却用了自己吐出来的东西，团团地竟将自己的身体也包裹在里面，形状很像一个小小的鸟卵。

嫘祖觉得很有趣儿，从此以后，她只要一有闲暇，便跑到这山坡上去观察。哪知经过不多几天，那所有的虫，却一齐都变成了像鸟卵一般的东西了。

嫘祖暗想："这或者也是一种卵吧，只看它的样子，多么洁白，要是拿回去当作食品，也许是滋味很好呢！"因此，她就从树枝上采摘了几个下来，一径匆匆地跑回家去。

她立刻烧起一锅水来，把这像鸟卵一般的东西，随手丢在沸水中，打算把它煮熟了，可以尝尝新鲜的味道。

煮了半晌，嫘祖料想这东西已经煮透了，她便找了两根细细的树枝，伸下水去，想把那东西捞起来瞧瞧。不料细树枝一碰到那鸟卵一般的东西，就被这东西上散出来的细丝，牢牢地缠住了。嫘祖就拿这细树枝，索性在锅子里乱捣了几捣，可是，那缠住的丝却更加多了。

嫘祖这才明白，原来这东西是不能吃的，倒可以拿来抽出许多的丝。而且，这些丝又光滑又柔软，比较从前麻里抽出来的，真是要好过几千万倍。嫘祖又想："麻里抽出来的丝，既然可以结成麻绳，织成麻布，难道这东西不可以照样做吗？自然，要是织成了，一定会比麻布好得多了。"

她在几天中，果真先后用丝结成了绳，织成了帛。那作品却都是光洁轻软，非常美丽。她就将那些虫定了一个名称，叫作"蚕"；那像鸟卵一般的东西，叫作"茧"。

过了几天，嫘祖又去探视那些留在树上的茧子，有几个却已咬破了头，从里面飞出一只像蝴蝶的虫，扑着两只翅膀，正在那里产子，嫘祖就把那些蚕子收藏起来，到了第二年春天，再让它们孵化，再让它们结茧抽丝，织成许多帛。

后来，大家都学着嫘祖的法子，也照样地养蚕抽丝，于是，中国人便有了正式的衣服穿。

【注释】

① 嫘（léi）祖：是上古时大族西陵氏的女儿，黄帝娶为元妃。后世因为她发明蚕丝有功，祀为先蚕。

指示方向的木头人

【故事】

人类渐渐地进化，便知道团结的必要。于是，住在附近的人，大家互相联络，各自占据一方土地，各守各的疆界，便造成许多部落。

每个部落，又各举一个力气最强、才干最大的人，做他们的领袖——酋长——大家都听他的命令，同心合力地抵挡野兽们和别的部落的侵略。

哪知这样一联合，各部落的势力，便渐渐地强大了。因此，有几个不肖的酋长，仗着自己部落的势力，都懒得费心费力地去找寻生活的需要了。他们不论要吃，要住，只要率领着同部落的人，到别的部落去抢掠。抢到了手，就安安稳稳地拿来享用。

其中有一个酋长，名叫蚩尤，却更加来得暴虐。他制造了许多很厉害的军器，用来打仗，各处部落里，不知道被他杀死了多少无辜的良民。

这时，在西方有一个部落，酋长叫作轩辕氏①，却是一个很仁慈，很英明的人。他眼见得这许多良民被杀，心里非常怜悯，不自知地便动了一个援助他们的念头。

轩辕氏就和部下商量，预先制造军器，置备粮饷，并且训练兵士们，学习种种冲锋陷阵的方法。这样整整地预备了好些时候，才派了力牧、应龙②两位大将做先锋，领了兵士们，直向蚩尤占据着的地方进行。

不到几天，便到了涿鹿。那蚩尤却早已听到轩辕氏的军队将来征伐，也调齐了人马，预备决一死战。只可惜，蚩尤的军队，是没有经过训练的，所以到了交战时候，一点儿也没有纪律。战了好些时候，他们的阵势，便乱糟糟的，渐渐有些不能支持。

轩辕氏看到这种情形，心里暗暗欢喜。便下令叫力牧、应龙，趁势追迫过去。蚩尤的兵看看势头不对，更是散乱得不成样子，大家互相践踏，死伤不计其数。就是剩下的，也一齐丢了军器，向后败退了。

蚩尤生怕自己的性命难保，只得跟着残兵，反身逃跑。自然，轩辕氏一方面，仍旧是紧紧地追赶，打算把蚩尤擒住了才罢。不料，这时候天上忽然下了重雾，把四面的山路，都遮得模模糊糊的，连东南西北的方向也辨不清楚了。加之在涿鹿一带，全是穷山荒土，轩辕氏的一支军队，从没有到过这种地方，人生路不熟的，更向哪里去找蚩尤的踪迹呢？——他们被困在这大雾中，退既不可，进又不能，只得暂时扎下营寨。

幸亏，轩辕氏起先曾发现了一种磁石，只要用铁来打成一枚针，将针头在磁石上摩擦一会儿，就会永远向着南方指示——这就叫作指南针——南方既然辨别清楚，其余的东西北三方，当然也可以照着类推了。

轩辕氏在无可奈何中，骤然记起了这件玩意儿，觉得在这当儿，就有了绝大的用处。好在他们军队中，还带着几枚，轩辕氏立刻就叫工兵们造起一辆车子来：车上立着一个雕刻的木人，一手平举，且能向前后左右活动；那木人的手指上，就装着一枚指南针，所以无论那车子向东向西乱走，那木人的手指，总是指着南方的。兵士们跟在车子后面，只要望着那木人的手，就可以辨别方向，向蚩尤住着的地方追赶过去。

追了几天，果真找到了蚩尤的巢穴。力牧和应龙便把蚩尤生擒了过来，去请轩辕氏审问。轩辕氏当即判决他一个暴虐百姓的罪，仍旧派了力牧和应龙，押到凶黎③山上，将他杀死了。

并且，轩辕氏为了预防各部落再有叛乱起见，又把蚩尤被杀的情形，画成图像，发到各处去张挂。意思是告诉人家：恶人现在已被我们杀了，以后如再有人效尤，一定也就照这样地办罪。

因此，那一班暴虐的酋长，都不敢再作恶了。百姓们因为感激轩辕氏的恩德，各部落便联合起来，推举他做了元首，大家称他为黄帝，从此中国便统一了。

【注释】

① 轩辕氏：姓公孙，生于轩辕之丘，所以称轩辕氏。后来做了有熊的酋长，又称有熊氏。平定蚩尤后，便建都于

涿鹿山下，称为黄帝。

② 力牧、应龙：都是黄帝时的大将。

③ 凶黎：据说大荒东北隅中有座山，名叫凶黎土丘。

皇帝对于我有什么关系呢

【故事】

　　轩辕氏后，经过金天氏、高阳氏、高辛氏，一直到了帝挚。那时，民间因为有一个很有德行的圣人，名字叫作尧^①，百姓就把帝挚废了，推举尧做了元首。

　　尧为人十分仁厚，他看见百姓受了饥寒，仿佛是自己受了饥寒一般；看见百姓有了过失，仿佛自己有了过失一般。而且，他整天很辛勤地治理国事，自奉却很菲薄：住的是茅茨^②土阶，吃的是不和之羹^③，用的是些土器和瓦器，完全和平民一模一样，再也分不出什么贫贱和富贵来。

　　做皇帝的既不压迫平民，自然，百姓们也不会把皇帝看作神圣不可侵犯的东西了。所以大家各做各的事情，完全平等，完全自由。

　　一天，尧走过一处地方，看见一间茅屋外面，站着一个须发全白的老人，年纪大约已有八九十岁了。他满脸含着笑容，一个人很快乐的，在玩着击壤④的游戏。

这时候，有几个人在旁边观看，都说："老先生，你处在这种太平的世界，能够这样快乐，实在都是当今的尧皇帝治国有方的功劳呢！"

哪知老人听了，却提高了嗓子，唱着他自己编的歌道："日出而作，日入而息，凿井而饮，耕田而食——帝力何有于我哉？"

他的意思，就是说："早晨太阳出来了，便去做我的工作；晚上太阳没了，我便停止了工作去休息。我要饮水，自己可以去开井；我要吃饭，自己可以去种田——皇帝对于我有什么关系呢？"

老人唱完了歌，尧已走到他的面前。但是，他看见皇帝来了，也毫不在意，仍旧满脸现着笑容，拂拭着那雪白的胡须，不住地击着壤作乐。好在尧也并不见怪，只对他笑笑，便走过去了。

啊，上古时代是多么平等，多么自由呀！

【注释】

① 尧：又称陶唐氏，名放勋。建都在平阳，就是现在的山西临汾市。

② 茨（cí）：是茅草盖的屋。

③ 不和之羹：没有用蔬菜或鱼肉调和过，滋味清淡的汤。

④ 壤（rǎng）：是古时的一种游戏器具。据说是用木头做成的，前面很阔，后面略尖，形状好像一只鞋子。游戏的时候，先拿一壤放在地上，然后走出三四步以外，再将手里拿着的一壤掷过去，掷中的，便算胜利。这种游戏，就叫击壤。

害不死的哥哥

【故事】

距今四千年前，在历山地方的田野里，每天有一个青年农夫，很勤奋地耕种着。但是，他一面工作，一面总是长吁短叹，不住地掉着眼泪，哭个不休。

这农夫到底是谁？他为什么这样悲哀呢？——原来他就是上古时候的大圣人舜，只因他的父亲瞽叟①，是一个非常顽固的老人。而且他后母所生的一个弟弟名叫象②，性情又是非常恶劣，常常仗着父亲和母亲的溺爱，便会无中生有地搬弄是非，欺侮那异母的哥哥。

舜处在这种环境里面，有时想着他死了的母亲和这黑暗的家庭，自然便情不自禁地伤起心来。

但是，他毕竟是一个大孝子，所以他虽然受着种种的压迫，却一点儿也不怨恨他的父母。他

125

依旧是和颜悦色，一心想引得父母的快乐，竭力地尽他的为子之道。

象是生成的一个懒汉，一天到晚，只是闲游作乐，所以他们一家数口，全靠舜一个人劳动，才能安然过活。他每天耕田犁地，做得汗滴如雨，而瞽瞍却从来没有好面目对待过他，继母又到处吹毛求疵，弟弟又一味地说他坏话。舜在无可奈何的时候，唯有嗟叹自己的能力薄弱，自己的一片诚心，不能使父母和弟弟了解，便觉得世界虽大，实在没有一个同情于他的人。他除了仰天哭泣以外，还有什么法子安慰自己呢？

这时候，正是尧在做皇帝。他治理国事，很有成绩，所以全国的百姓，都称他为大圣人。后来他的年纪渐渐老了，更决心要寻觅一个道德高尚的人，把这帝位让给他。恰巧，舜的孝行，由众人的传扬，渐渐地竟传到了尧的耳朵里，他想："百善孝为先，凡是能够孝顺父母的人，无论对于什么事，一定也都会诚心诚意去做的。现在要禅让帝位，舜便是一个相当的人了。"

因此，尧就把舜请了来，把让位的事，向他

说明了。自然，舜是坚决地辞谢，但经不起尧再三地恳切劝说，舜也只得勉强答应，暂时先帮助尧治理政事。过了不多时，尧就把自己的两个女儿娥皇和女英，同时嫁给了他。

可是，舜的孝行，虽然感动了尧的心，却永远不能感动瞽瞍的心。而且象在这时，忽又生出一种妄想，以为只消把哥哥害死，将来自己便可以代替做皇帝了。所以每天益发在瞽瞍面前挑拨，使瞽瞍对于舜，恶感日深。

顽固的瞽瞍，听了小儿子的话，真的就起了害死舜的意思。而舜是一个正直的人，哪里想得到他的父亲和弟弟会有这样的邪恶算计呢？

有一天，象又想了一个法子，由瞽瞍出面，叫舜到仓库上去，修理屋顶。舜便拿着新的茅草，由梯子上爬上去。瞽瞍暗想："今天一定可以结果他的性命了！"当舜正在仓库顶上用心工作，瞽瞍和象，便悄悄地把梯子移去了，却在仓库下面，放起一把火来。

哪知事有凑巧，到了瞽瞍放火的时候，舜已经把屋顶修好，早已从另一方向攀援着树干，溜下来了。

这计划失败后，隔了几天，瞽瞍又叫舜缒（zhuì）到井里去掏井。舜奉了父命，刚缒到井里，瞽瞍就在上面，把井盖紧紧地盖了起来，暗想："这一次必定可以处死他了。"

象更是十分高兴，忙走过来道："父亲，这一次总很稳当了吧！但是，这法子除我以外，还有谁想得出来？"

瞽瞍也点着头道："不错，这法子的确很好！"

象又贡献着计策道："现在，我们可以先分配他的财产吧：父亲拿他的那一群牛；母亲拿他的那一群羊；至于其余的一切，干戈呀，琴呀……自然都应该归我。"

瞽瞍道："好的，好的，那么，就照这样办吧！"

象便唯恐不及地赶进舜的房间，想去收拾他的零星物件。哪知他们以为早已死在井中的舜，却好好地坐在床上，正在弹琴。原来井中本来有一条隧道，舜早又从别的出口上来了。象却因此非常惊慌，只得假装着没事儿一般的，说道："哥哥，你现在身体很好吗？我是常常替你担着心呢！"

舜本是诚实人，哪里疑心到他的弟弟有什么恶意，所以便对象说道："弟弟，你对我这样关心，我是很感激的！现在你终日没有事做，不如也到朝中去帮着我办办事儿吧！"

舜在尧那里襄理政治，前后经过二十八年，直到尧崩后，他才即了帝位。这时候，全国的人，没有一个不尊重他的。但是，舜却不以天子为可贵，仍旧是把孝顺父母当作头等大事。他在没事的时候，常常张着天子的旗号去朝见瞽瞍，他那种和气恭敬的态度，依旧像他贫贱时一样，并且封他的兄弟象做了诸侯，却从没有想到象从前对他的恶意。

【注释】

① 瞽瞍（gǔ sǒu）：瞽是瞎子；瞍是眼中没有眼珠的意思。舜的父亲因为不能分别善恶，所以当时的人便叫他瞽瞍。

② 象：舜的异母兄弟，人很顽劣；舜做天子，却封他在有庳。

也许我们都变为鱼了

【故事】

尧的时候，洪水为灾，全中国几乎都淹没在水中了。百姓没有住的地方，大家只得搬到高山上去躲避。但是，山上都很荒芜，食物不够供给，因此，有许多百姓，都饿死了。

尧看到这种情形，心里非常着急。他便和群臣商量，要征求一个善于治水的人。群臣中有称为四岳①的，便共同保举一个名字叫作鲧的人，去做那治水的工作。

不料鲧对于治水的事，完全是个门外汉，所以他接连治了九年，依旧是一片汪洋，水势一点儿也没有减少。尧对于这种因循误事的人，自然非常痛恨，当即叫人去把他捉来，在羽山②上把他杀死了。但是，一方面却仍旧在访求治水专家。

这时候，舜正在帮助尧治理国政，他便保举鲧的儿子禹，继承他父亲未了的工作。

禹受命以后，又推荐益夔和后稷③二人，共同合作。——他因为父亲治水失败，竟致被杀，心里十分悲痛，所以决心要把洪水治好，完成父亲的志愿。

他劳身焦思地终日奔走，先把各处的水势考察一个明白，因此才觉悟到治水的方法，应该先要开通河道，使陆地上的水，一齐汇入小河里，小河里的水，又使它汇入大河里；然后再把大河里的水，一齐汇入大海里。那么，陆地上的水自然留积不住了。

主意已定，他便雇了一班工人，在北方开了两条大河，就是现在的黄河和济水；在南方开了两条大河，就是现在的长江和淮水。四条大河开凿成功，才着手疏浚各处的小河。果然，不到几时，那陆地上的水，便流入小河，小河里的水，又分流到四条大河里，滔滔滚滚地出海去了。

当禹正在治水的当儿，每天异常忙碌。他走过陆地，便乘车子；渡水，便用船；走过烂泥洼，便用橇④；上山，便用檋⑤。他在外面一共奔走了十三年，虽然三次走过自己家门口，却一次也没有走进去过。

等到洪水治平，他便叫益夔拿了些稻种，去分给百姓们，使他们种植在卑湿的地方；又叫后稷拿了各处剩余的东西，去分给不够的地方，使他们互相调剂。百姓们日用所需，都有了着落，自然国家也很太平了。因此，后世有人称颂禹的功劳说："没有禹，也许我们都变为鱼了！"

【注释】

① 四岳：是羲和的四个儿子。唐尧时候，他们分管四方诸侯的事务，所以叫作四岳。

② 羽山：在今山东郯城县东北，入江苏连云港界。

③ 后稷（jì）：舜时的农官。

④ 橇（qiāo）：形状像箕，乘着可以在泥淖中行路的东西。

⑤ 檋（jū）：同梮。用铁做成，形状像椎头，长半寸。上山的时候，拿来装在鞋子上，行路便不会滑跌。

三千多人像牛一般地喝酒

【故事】

舜把帝位传给禹，改国号为夏。自此以后，帝位便一直传给他的子孙，一共传了十多代。经过四百多年，最后传到桀，竟肆无忌惮地暴虐起来。

桀是生性残暴，只贪快乐的人。所以他做了皇帝，就把国家大事搁着不问，一心只注意搜括民间钱财，供他个人作乐。因此，百姓异常怨恨，个个都希望他早些死亡。

桀常常把自己比为太阳，百姓们便赌着咒道："太阳呀，你为什么不快快地灭亡呢？要是你有一天真能够灭亡了，就是连我们同归于尽，也是情愿的！"从这一段话里观察起来，就可以明白当时百姓们痛恨他的程度了。

但是，桀却永远不会觉悟的，他仍旧是任性

地建筑许多楼台亭阁，整日整夜地住在里面，听歌饮酒，非常逍遥。

他又听了他妃子妺喜的话，在园中开凿了一个极大的池子，池中装满了美酒，取名叫作"酒池"。酒池落成那一天，桀便发下一道命令：叫他的侍臣们，装作牛喝水的样子，伏在池边上喝酒。一时竟有三千多人，被他逼迫着，不得不照他的话去做。

有几个不会喝酒的，只喝了几口，早就酩酊（mǐng dǐng）大醉，不知怎样一个不小心，便跌在酒池里溺死了。可是，桀和妺喜，非但一点儿也没有怜悯他们的意思，却反而拍手大笑，当作一件极有趣儿的事。

这样玩了几天，玩得厌了，桀又叫人把自己动物园里的一只老虎，放出来，让它在热闹的大街上奔跑。桀和妺喜，却远远地站在一个高楼上瞭望着。当他们看到那些百姓们惊慌失措，四处逃跑，便又很快乐地哈哈大笑起来。

妺喜还有一种奇怪的嗜好，就是喜欢听那撕裂绸缎的声音。桀因为要讨得她的欢心，便收集了民间的几千万匹绸缎，叫人一匹匹地撕碎来，给妹喜听。那百姓们纺织绸缎的艰难困苦，他却一点儿也没有想到。

桀照这样地荒淫无度，竟一天比一天厉害了。百姓们徒然在心中怨恨，终于也无可奈何。

幸亏，当时有一个小国的国君，名字叫作汤①的，看到这种情形，心里很是不忍，便决心起兵革命，援救那些受苦的百姓们。

不久，汤便灭了夏朝，将桀捉了来，监禁在南巢②这个地方。自己代桀做了皇帝，改国号叫作商。

【注释】

① 汤：名履，帝喾的儿子契的后嗣，革夏命，建立商朝。在位三十年。

② 南巢：就是现在安徽巢湖市。

百姓们为什么敬重桎梏

中
华
典
籍
故
事

【故事】

　　商朝传到了盘庚，便把国号改为殷①。这样经过二百四十多年，传到纣做皇帝，却又像夏桀一般地暴虐无道起来了。

　　纣不但搜刮了民间的财物，供他一个人享用，并且还添置了种种残酷的刑具，威吓百姓们，不准他们说一句怨话。其中最厉害的，便要算是炮烙（páo luò）之刑。这种刑具，是用金属做成的一根空心柱子。如果捉着了反对他的人，立刻就在柱中生起火来，使那柱子烧得又红又热，然后将那人绑在柱上，活活地烤死。他又造了一千副桎梏②，凡是诸侯们不去谄媚他的，便捉来先打一顿，再加上桎梏，永远监禁，或是砍死。

　　殷朝的诸侯，有称为三公的，就是西伯昌③、九侯和鄂侯④。当时，纣不知道怎样一不高兴，便把九侯捉来杀了，竟将他斩成了肉酱。鄂侯眼瞧着这惨状，便竭力和纣争辩，责备纣不应该这样残酷。哪知纣却连带地痛恨鄂侯，也将他杀了，并且将他的尸身，腌成了人干。

西伯虽然不在面前，但是，他后来得到了这个消息，也不觉深深地叹了一口气。不料这叹声却被一个叫作崇侯虎的听见了，他便去告诉了纣。纣非常愤怒，立刻又把西伯捉了来，监禁在羑里⑤这个地方。

西伯本是一个极仁厚的人，他一向敬老、慈幼，礼待贤者，而且能够和百姓们同甘苦，很得民心。所以百姓们知道他被监禁了，个个都有些愤愤不平起来。

纣看见百姓们这样激昂，他便暗地里差了人去，又把西伯的长子名叫伯邑考的捉了来，将他放在一只大锅子里，烧煮成羹，再叫人拿去给西伯吃。西伯不明白其中的秘密，竟毫不迟疑地吃了，于是，纣便宣言道："圣人是决计不会吃自己的儿子的，现在西伯吃了他儿子的肉，谁说他真是圣人呢？"

百姓们虽然不敢和纣计较，可是，从此同情

西伯的人，却更加多了。

西伯在羑里监禁了七年，幸亏闳天、散宜生、南宫适⑥一班人献了些宝物给纣，总算才放了出来。

过了几年，西伯死了，他的儿子武王⑦，便起兵灭殷，做了天子，才追尊西伯为文王。

武王在纣的宫里，搜出那一千副桎梏，叫百姓们拿去丢在河里。百姓们受了命，却恭恭敬敬地拿着桎梏，走到河边，然后一齐跪下来致了敬礼，才很郑重地丢到水里去。

武王看得很奇怪，便问他们是什么缘故。百姓们道："从前西伯的手足上，曾经加过这种刑具，我们因为思念西伯，所以连他戴过的桎梏，也很敬重呢！"

这就可见百姓们对于西伯的爱，是何等的真挚、热烈啊！

【注释】

① 殷：商王盘庚，迁都殷墟，改国号叫作殷。

② 桎梏（zhì gù）：桎是锁住两足的刑具，梏是锁住两手

的刑具。

③ 西伯昌：西伯的意思，就是西方诸侯之长。纣曾封周文王为西伯，昌是文王的名字。

④ 九侯、鄂侯：九应该读作仇。九侯，一作鬼侯，和鄂侯都是纣时的诸侯。

⑤ 羑（yǒu）里：地名。现在河南汤阴县有牖城，据说就是古时的羑里。

⑥ 闳（hóng）夭、散宜生、南宫适（kuò）：都是周朝的臣子。

⑦ 武王：周文王的儿子，名发。灭殷后，即帝位，建都于镐，在位十九年。